龍虎の生贄
驍将・畠山義就
濱田浩一郎
Hamada Koichiro
αβ BOOKS
アルファベータブックス

畠山家略系図

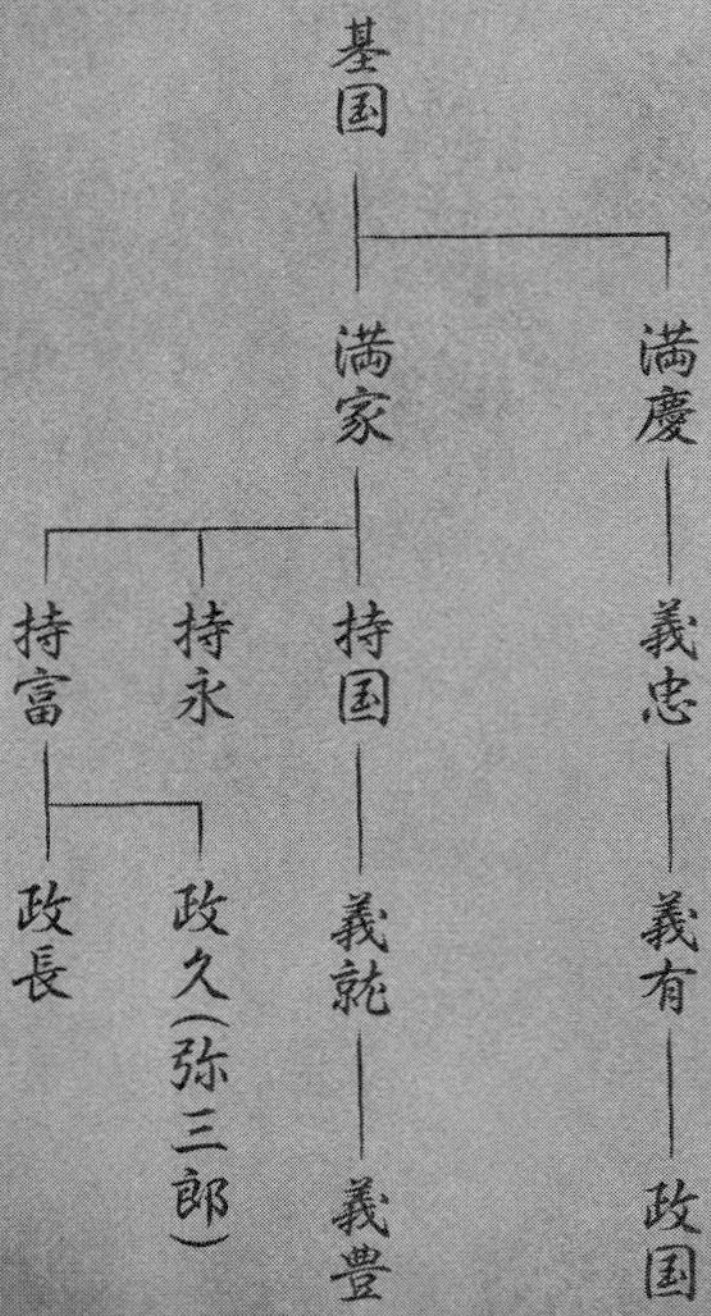

足利家略系図

（数字は将軍代数）

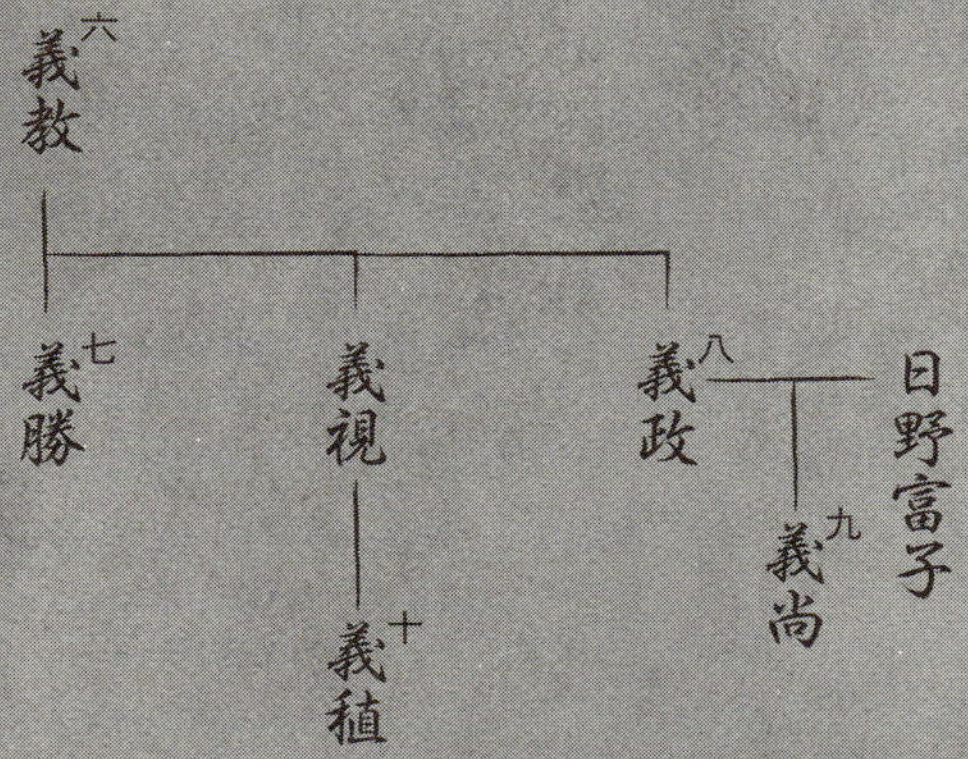

応仁の乱東西両陣営

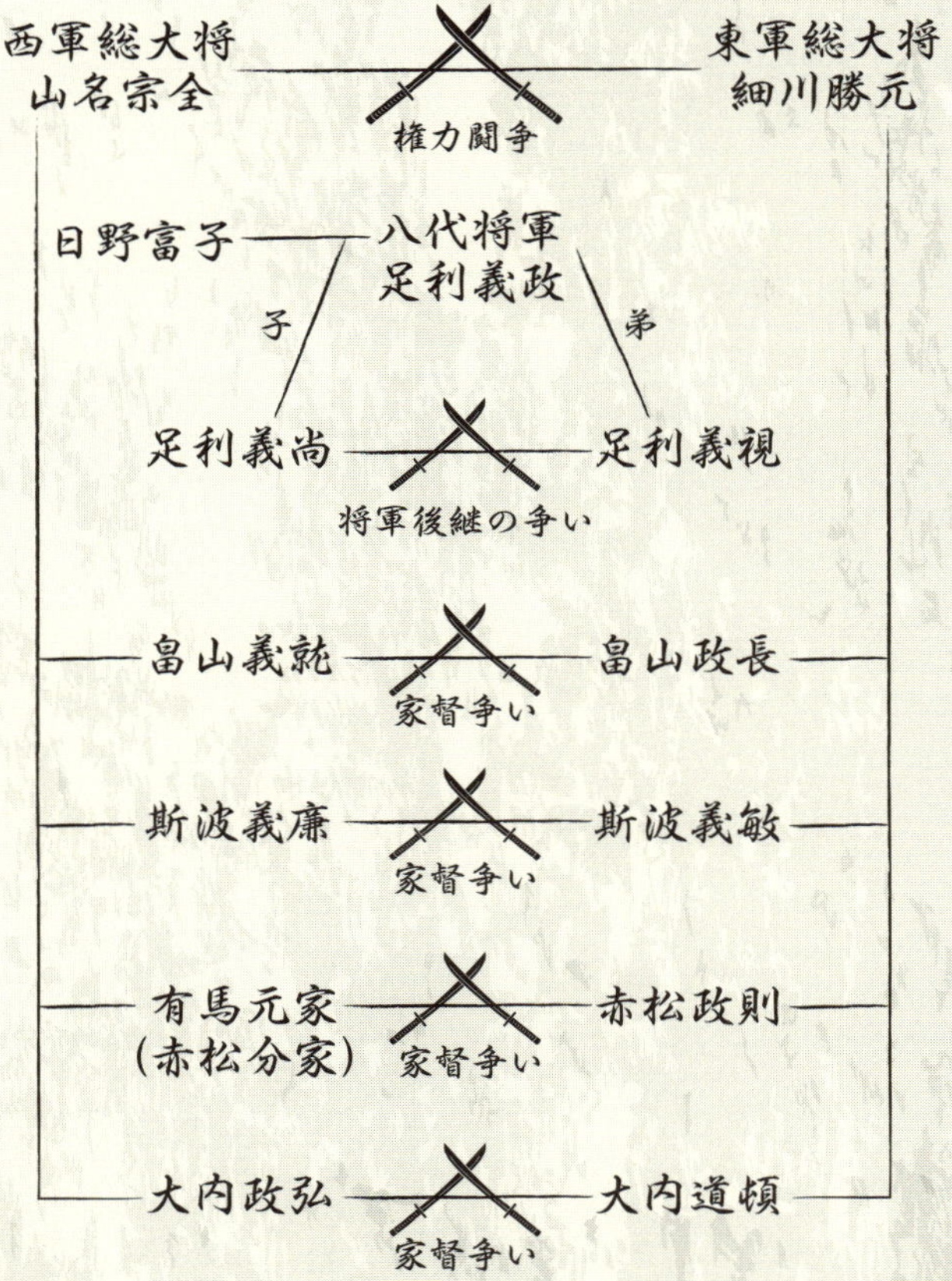
西軍総大将
山名宗全
権力闘争
東軍総大将
細川勝元
日野富子
八代将軍
足利義政
子
弟
足利義尚
将軍後継の争い
足利義視
畠山義就
家督争い
畠山政長
斯波義廉
家督争い
斯波義敏
有馬元家
（赤松分家）
家督争い
赤松政則
大内政弘
家督争い
大内道頓

目次

第一章

動乱の兆し

室町幕府を開いた足利尊氏《たかうじ》公が征夷大将軍に任じられてから、百十年後の文安五年(一四四八)五月、京の都の桂(現在の京都市西京区桂)にある古びた長屋の土壁には、明るい陽の光が、周りと同じように蒼い空から降り注いでいた。

「行ってくるね」

麻《あさ》の小袖《こそで》を着て、頭には白い布を巻きつけた女は、桶《おけ》を腋《わき》に抱えつつ、門口《かどぐち》から薄暗い家の中に呼び掛けた。

「おかぁ、今日は、いつ帰ってくるの?」

家の中からは、声変わり前の少年の声が返ってきた。

「夕暮れ時には」

女は言葉少なではあるが、顔に笑みを浮かべて答えた後に、

「次郎、おかぁではありませぬ。母上と呼ぶように、いつも言っているのに」

と、いたずらをした子を優しく叱るように付け加えた。

「でも、周りの者は皆、母のことを、おかぁと言っている」

今年で十一になる次郎は、これまで何度かこの問答をしてきたが、いつも母の土用《とよ》は、それには答えずに、桶を頭上に置いて、桂川《かつらがわ》で獲れた鮎《あゆ》の行商《ぎょうしょう》に出て行ってしまう。此度《こたび》もそうであった。次郎には、父の記憶はない。ずっと母と二人で暮らしてきた。父のことを聞いても、頭を撫《な》でてくれるだけで、何も話してくれない。

(なぜだ)

という問いが、次郎にも芽生え始めていた。母が自らのことを「母上」と呼ぶように言うことと、父のことが何か関係があるのかもしれない。そこまでは考えつくのだが、それからは雲をつかむようなもので、途中で考えるのを止めてしまう。

母が去った後、家は静寂《せいじゃく》に包まれていたが、しばらくして、二人の少年が駆け入ってきた。次郎の家の隣に住む孫七《まごしち》、助八《すけはち》兄弟である。

「次郎、桂川で、面白きことが始まるぞ」

孫七は、萌黄色《もえぎいろ》の小袖を片肌脱《かたはだぬ》ぎにして、次郎の肩に手をかけた。

「なんじゃ、面白きこととは」

次郎が目を丸くして、孫七を見つめていると、

「印地打《いんじう》ちが始まるんじゃ。共に見に行かぬか」

助八は、兄と次郎の顔を交互に見ながら、手をクルクルと回した。

「印地打ち？」

「知らんのか。二手に分かれて、石をぶつけ合うのよ。そうそう見れるものではない。この辺りでは、八年振りだそうな。水をめぐる争いだとよ」

孫七が両手を腰に当て、得意気に胸を張る。印地の語源は、石打ちがつづまったものであろうと言われているが、定かではない。硬い石を投げ合うため、死人や傷を負う者も多く、幕府によって禁制が出されること度々であったが、正月十五日や五月の節供《せっく》の行事として、江戸時代になっても、絶えることはなかった。

思わぬ誘いに好奇心をそそられた次郎は、コクリと頷くと、兄弟より先に家から飛び出した。砂ぼこりが舞う中を、一目散に桂川を目指して駆け抜ける。兄弟も慌てて、後を追う。

河原に着いてみると、自分たちよりも、年上と思われる体格の良い男たちが、今にも石を投げ合おうとしていた。はぁはぁ言いながら、追い付いた孫七と助八は、男たちを見下ろす

草原に座り込むと、

「どちらが勝つと思う」

声を揃えて、次郎に聞いた。次郎は、男たちの二つの塊を見つめた。左側の塊は、五十人ほど。右側の塊は、百人ほどである。次郎が考えていると、孫七が、

「右方が勝つに違いない。何しろ多勢《たぜい》じゃ。戦は、数によって決まる。数が多い者が勝つ」

断言し、鼻頭を手で擦りながら、横目で次郎を見た。

「いや。勝つのは、左方の者たちだ」

次郎は、孫七を見向きもせず、前を見て呟いた。

「なにっ」

「どうして」

兄弟は、びくりとして立ちあがり、次郎に詰め寄った。

「確かに、右方は人の数は多い。だが、よく見てみよ。右方の者は、多勢を恃《たの》んで、半分が遊んでいる。残りの者も、顔つきを見れば、さほど真剣に戦おうとはしていない。一方、左側の者は、数が少ないため、真剣そのもの。どう使うかは分らぬが、小道具も持っている。勝つのは、左方だ」

理路整然とした次郎の話に、兄弟はキョトンとして、二の句が継げぬ有様であった。次郎がふと左横を見ると、いつの間にか、直垂《ひたたれ》姿の小太りの老人が、立っていた。太刀を腰に付けているので、どこかの武家であろう。眼はキリリとして、威厳がある顔つきである。

野次馬が増えるなか、合図の太鼓が鳴り響き、印地打ちは始まっていた。左方の者どもは、素手で勢いよく石を投げるだけでなく、竹を割って石を挟んだものを遠くに投げたり、もっこに石を入れたものを振り回したりして、右方の者を圧倒する。暫くして、

「逃げろ」

という声が聞こえたかと思うと、右側の者は、バラバラと逃げ出し、ついには誰もいなくなった。

「もう終わりか」

「つまらんぞ」

野次馬の怒号が飛び交う。

「次郎の言うた通りじゃ」

孫七と助八は、次郎の手を取って、小躍《こおど》りした。次郎が左横の武家の顔を見ると、その武家も次郎のほうを向いて、歯を出して、ニコリと笑みをこぼした。威厳のある顔だが、笑う

とどこか人懐っこい。再び、真面目な顔に戻った武家は、次郎に背を向けて、河原道を歩いていく。次郎は、兄弟の歓声を聞きつつ、その姿が見えなくなるまで、じっと見つめていた。

*

次郎と別れた老いた武士は、年の割には健脚《けんきゃく》で、その後、万里小路《までのこうじ》(現在の柳馬場《やなぎのばんば》通り)を早足で歩いていた。広壮な武家屋敷《ぶけやしき》の閉じられた正門前に来たその武士は、それには目もくれず、半開きになっている右脇の棟門《むねもん》の方に入っていく。渡廊《わたりろう》を進む老いた武士とすれ違った者たちは、皆、端により、頭を下げる。主殿《しゅでん》にたどり着いた武士は、開け放たれた襖《ふすま》の前に来ると、胡坐《あぐら》をかき、頭を下げた。

「国助《くにすけ》、只今、戻りました」

老いた武士─国助の頭上に、

「河内守《かわちのかみ》、御苦労であった。面《おもて》を上げよ。もそっと近《ちこ》う寄れ」

との声が響く。はっと威勢のいい声を出した国助は、声の主の方に膝行《しっこう》し、頭を上げた。目の先には、筋骨逞《たくま》しく、目元が涼し気な法体《ほったい》姿の男が、扇《おうぎ》を開け閉めしている。

「次郎の様《さま》は、如何《いかが》であった」

口髭《くちひげ》をピクリとさせて、男が問う。

「次郎様、昨年と変わらず、健《すこ》やかにお育ちでございます。それだけではございません。武人としての才もあるかとお見受けしました」

「ほう」

男が身を乗り出すのと、国助が次の一声を発するのが同じであった。

「次郎様、本日、印地打ちをご覧の時、どちらが勝つか、男どもの士気や様を素早く察し、言い当てたのでございます」

「それは頼もしきかな」

「誠に、行く末が楽しみで」

男は、国助の言葉を聞くと、天井を見上げ、考え込んでいたが、扇でパシャリと膝頭《ひざがしら》を叩くと、

「国助、わしは決めたぞ。もそっと、もそっと近う」

国助を招き寄せた。国助の耳元に顔を寄せた男は、扇を自らの口元に近付け、小声で、

「何れは、次郎をわしの後継としたい」

と告げた。国助は、一瞬、驚いた顔をしたが、すぐに真一文字《まいちもんじ》に口を結び、程なくして、

「殿、良きご決断をされました。次郎様こそ、殿の御子《おこ》。畠山家を継ぐに相応《ふさわ》しい御方《おかた》です」

感極まったように俯《うつむ》いた。殿と呼ばれた男こそ、河内・紀伊《きい》・越中《えっちゅう》・山城国《やましろのくに》の守護職であり、かつては室町幕府の管領を務めた畠山持国《もちくに》である。応永《おうえい》五年(一三九八)生まれの持国は、嘉吉《かきつ》元年(一四四一)に出家後は、徳本入道《とくほんにゅうどう》と名乗っていた。一方の国助は、遊佐《ゆさ》氏の出であり、河内国若江《わかえ》城主そして同国の守護代《しゅごだい》として、徳本の信任厚い武将であった。河内にいることも多かったが、上洛した際には、徳本の命を受け、次郎の様子を毎年、数度、窺《うかが》っていたのだ。次郎の成長を見るにつけ、国助は、次郎こそ徳本の後継に相応しいと思うようになっていた。

「しかし」

と国助は言い、思案顔で徳本の目を見ると、

「次郎様は、貧しいながらも平穏な、土用様との今の暮らしに馴染んでおります。その暮らしを捨てて、果たして、殿のもとに参るかどうか」

遠慮がちに、心配事を口にした。

「ふーむ」

徳本はまたもや、天井に顔を向けて、唸っていたが、そこに直垂を着た二人の男が現れ、板敷《いたじき》に座り込んだ。折烏帽子《おりえぼし》をかぶった、ふくよかな体格の男の後ろには、青白い顔をした狐目《きつねめ》の男が付き従っている。二人の来訪に気付いた徳本は、国助から顔を離し、

「持富《もちとみ》、何用《なによう》じゃ」

肩をいからせて、問いかけた。持富と呼びかけられた男は、平伏《へいふく》したまま、

「兄上、いや父上にはご機嫌麗《うるわ》しく、恐悦至極《きょうえつしごく》に存じます。本日は申し上げたき儀《ぎ》がございまして、参上しました」

と述べたあと、頬に皺が刻まれた顔を見せた。

「おおっ、何じゃ。そなたとは、兄と弟の間柄。そればかりか、わしの養子でもある。遠慮なく申せ」

畠山持富と徳本は、母こそ違えど、畠山満家《みついえ》を父に持つ。長男が徳本、三男が持富であった。満家の次男・持永《もちなが》は、持富と同母《どうぼ》であったが、徳本との政争の果てに殺されていた。

「悪御所《あくごしょ》」と呼ばれた苛烈な性格の六代将軍・足利義教《よしのり》の関東への出陣命令を拒んだ徳本は、嘉吉《かきつ》元年(一四四一)正月に、隠居を余儀なくされる。家臣に擁《よう》されて、代わって当主となっ

たのは、持永であった。

しかし、同年六月、将軍・義教が播磨《はりま》の守護大名・赤松満祐《みつすけ》によって暗殺されると、徳本は赦免《しゃめん》。徳本は家督《かとく》を奪い返すため、持永を攻め、持永は、逃走中に討ち取られた。持永の屋敷にいた持富は、徳本の手引きによって逃れて、命を長らえていた。持富にとって、徳本は実兄の仇《かたき》でもあり、命の恩人でもあるという悩ましい相手であった。

嫡子《ちゃくし》に恵まれなかった徳本は、次郎が生まれる前から、持富を養子にして、将来の後継者として公《おおやけ》にしてきた。

「父上、それがしは、受けた御恩は、忘れてはおりませんぞ。命をお助け頂いたばかりか、養い子にまでして頂いて…その御恩返しをしようと、これまで懸命にお仕えしてきました。父上の後継として、恥じぬようにと、心を砕いて参りました。そこで、お伺いしたい。父上は、真《まこと》に、それがしを後継にとお考えでしょうか?」

うむうむと聞いていた徳本だったが、突如、後継問題を切り出されたことで、内心驚きを隠せなかった。

(なぜ、突然、そんなことを言ってきおったのか)

疑問が駆け巡ったが、取り急ぎ、

「おおっ、わぬし以外に、儂《わし》の跡継ぎがおろうか。皆にもそう言うておる」

と答えるしかなかった。その言葉を聞いても、持富は黙って、徳本の顔を見つめている。

その時、持富の後ろに控えていた狐目の男が、顔を徳本の方に向けて、

「恐れながら、申し上げます。桂女《かつらめ》に生ませた御子は、如何《いかが》なりましょうや」

「これ、神保備中守《じんぼうびっちゅうのかみ》、控えよ」

国助が、狐目の男に向けて、扇子《せんす》を突き出して、制した。

「この国宗《くにむね》、控えませぬ。徳本入道様の真のご意向を伺うまでは」

「無礼であろう」

声を大にして叱る国助。今にも立ちあがり、神保国宗に掴みかからんばかりだ。神保氏は、鎌倉期以降、畠山家に仕える名門であり、越中国《えっちゅうのくに》の守護代として、近頃は持富に肩入れし、力を持っていた。国宗は、年上の国助の大喝《だいかつ》に怯える風もなく、平然としている。徳本は、国助と国宗、双方の顔を見比べてから、持富に向かい、

「先ほども言うたであろう。儂の跡継ぎは、そなたであると」

幾分、顔をこわばらせて申し渡した。

「有難き幸せ」

持富が平伏した時、神保国宗が、またもや、険《けん》のある声音で、

「では、なぜ入道様は、桂女の御子の許《もと》に、そこなる遊佐様を、これまで何度も御遣わしなさったのですか」

サラリと言ってのけたので、徳本も国助も、ギョッとして言葉が出なかった。共に、内心の動揺を覚《さと》られまいとして、威儀《いぎ》を正すしか術《すべ》はなかった。徳本と国助の胸のうちに、浮かんだのは、

(神保備中、我らを探っておったな。油断ならぬ奴)

との慄《おのの》きと警戒の言葉であった。持富は、あっけにとられた顔で、神保の顔を眺めている。

沈黙が暫く続いた後、口を開いたのは、国助で、

「備中、そなた、儂をつけておったのか」

怒りに震えて、難詰《なんきつ》する。それに対し、神保は、

「恐れながら、つけておりました」

弁明も一切なく、しゃあしゃあと言葉を吐き出した。

「拙者は、尾張守《おわりのかみ》様(持富)こそ、入道様の後継に相応しいと考えておりまする。尾張守様が後継になってこそ、御家《おいえ》は安泰です。遊佐様を手下の者につけさせたのも、畠山家への忠

義の心からでございます」

「何を申すか」

国助が怒鳴り声をあげたので、

「もう良い。やめよ」

徳本は、顔を朱《しゅ》に染めて、声を張り上げたうえで、

「持富よ、後継のこと、今一度、考えさせてもらうぞ」

腰を上げて、広間を出ていった。持富は、徳本に頭を下げるやら、神保を睨みつけるやら、あたふたするばかりであった。

*

燭台《しょくだい》の蝋燭《ろうそく》に灯《とも》る火がユラユラと揺れて、青白い狐目の顔を一層不気味に照らし出している。神保国宗は、日頃、細い眼を更に細めて、瞬きもせずに持富の前に平伏している。

「そなたのせいで、兄の機嫌を損ねたではないか。これで、儂が当主となることは叶わなくなってしもうた。何ということをしてくれたのか。儂は、そなたが、あのようなことを口走

ると は、思いもよらなんだ」

持冨は、自邸のなかだけあって、誰憚《だれはばか》ることなく、大声を出し、興奮気味に室内を右往左往している。

「儂は、そなたが、後継のことを兄上に聞いてみてはと言うから、勇《ゆう》を鼓《こ》して、訊ねたのじゃ。それを、そなたが途中から」

持冨の愚痴に対し、一言も口を挟まなかった国宗であったが、ここに来て、口元に笑みを浮かべると、

「あれで良かったのでございます」

持冨の顔を見据えて、切り出した。

「なに、どういうことか」

肥えた頬肉を揺らして、持冨が怪訝《けげん》そうに首を傾げる。

「もし、それがしが、あの場で、あのような物言いをしなければ、その後、隠密裏《おんみつり》に、入道様の思うように事が運んだことでしょう。すなわち、殿は当主になることはできない。殿を長きにわたり養子としていながら、今更、廃嫡《はいちゃく》とは合点《がてん》が参りませぬ」

「しかし、そなたの物言いのせいで、余計に事が拗《こじ》れたのではないか。我らも隠密裏に事を

進めるという術もあったはず」

「いいえ、あれで良かったのです。入道様や遊佐様の様子から見て、この後、桂女の子を当主にしようと動くでしょう。それがしが、何を言おうが、言わまいが、それは同じこと。一方、それがしの言葉によって、入道様にも、我らの想いが伝わりました。これは、戦《いくさ》なのです。それがしは、僭越《せんえつ》ながら、戦の口火を切ったまで。桂女の子の次郎とか言う者が、当主になれば、我らは冷や飯を喰わされますぞ。そうなる前に、我らも動かなければなりません。我らの想いと、力を見せつけなければいけません。もちろん、入道様がすんなりと殿に家督を譲るのならば、手間をかけることはないのですが、これまでの様から、そうはいきますまい」

「かと言うて、何か手立てはあるのか」

座り込み、頼りなげに、国宗を眺める持富。

「次郎を亡き者にするのです」

「何と、それは余りに、事を荒立てはしまいか。兄上に露見すれば、只ではすむまい。いや、次郎に何かあれば、疑われるのは、我らじゃ。

同じ殺《や》るなら、隠密に事を進めたほうが良かろうに、そなたが、兄に余計なことを言ったばかりに。家を割る戦になるぞ」

手をわなわなさせ、慌てる持富は再び立ち上がる。

「ですので、これは戦なのです。敵を怒らせ、焦らせ、是非とも、戦にもっていくのです。生きるか、死ぬかの戦に。戦は、勝てば良いのでございます。勝てば、当主の座は殿のもの。戦をするには、御家の騒ぎが大きくなれば大きくなるほど良いのです。孫子《そんし》も言っておりますよ。勝つべき者は攻《せ》むと」

国宗は、珍しく力を込めて、まくし立てた。再び忙《せわ》しなく、室《しつ》を動き回る持富は、

「ここが思案のしどころじゃの。思案の」

呟くのみ。

「殿、ご決断を」

決断を迫る国宗に対し、持富は、薄ら汗をかき、

「そちに任せる。儂は与《あずか》り知らんぞ」

とのみ言って、部屋から出ていってしまった。取り残された国宗の顔を、蝋燭《ろうそく》の火がいつまでも照らし続けていた。

＊

万里小路の畠山邸の一室でも、徳本と遊佐国助が密やかに話しを進めていた。

「殿、申し訳ございません。まさか、神保の手の者につけられていたとは。改めて、伏してお詫び申し上げます」

国助は、腰をかがめ、額が床に付くほどに、平伏している。

「いや、良いのじゃや。そなたに咎《とが》はない。それにしても、恐るべきは神保備中守。何をしてくるか分らぬ奴だ。用心せねば」

徳本が、むっつりとした顔で独り頷《うなず》くと、国助は、

「誠に。あのような事を言い放ち、何を考えておるのやら。まるで我らに挑《いど》んでくるかのようでございますな。次は何をしてくるか」

「うむ、それじゃ。次郎の身が案じられるな」

「はっ、次郎様の御身《おんみ》、この国助、我が身にかえて、必ずや御守りします。早速、手配致しまする」

国助は一礼し、急ぎ足で、室を出ていった。残された徳本は、眼を閉じて、ひたすら黙考《もっこう》

の刻《とき》を過ごした。

*

次郎が古びた家の板戸《いたど》を開けると、生暖かい風と、すえた臭いが、どっと顔に押し寄せてきた。水無月《みなづき》の風だ。顔をしかめた次郎は、その顔を左右に振り、目をキョロキョロさせている。

(誰もいないな)

印地打ちを見た日の夜から、ずっと誰かに見られているような、外に出た時は、つけられているような、怖気《おじけ》たつ気配を感じてきた。

(一人の気《き》ではない。何人もいる)

そう思い、天を見上げてみても、木の上に登ってみても、誰も人はいない。

(獣《けもの》か、それとも物《もの》の怪《け》か)

気配の正体が知れず、独り懊悩《おうのう》してきた次郎。外に出るのが嫌になることもあったが、この日は、土用や孫七、助八兄弟と共に、森に舞う蛍《ほたる》を見に行くことになっていた。陽は暮れて、辺りは昏《くら》くなっている。

(そろそろ、頃合いか)

孫七らを呼びに行こうとした時に、土用が鮎《あゆ》の行商から戻ってきた。少し早足で帰ってきたのだろう、軽く息を吐いた土用は、空《から》の桶を地に置いて、

「蛍狩りに間に合いましたね」

微笑んで、次郎の肩に手を置いた。

「母上、お帰りなさい」

次郎が頭を軽く下げた時、隣の家の戸が開いて、孫七、助八が姿を見せた。二人とも照れくさいのか、土用には何も言わず、目礼しただけだった。確かに土用には、貧しいながらも、この辺りに住む女性にはない、気品があった。

「行きましょう。遅くなるといけませんし」

土用が一言いうと、三人は土用を守るように、取り囲むようにして歩いた。桂川の側には竹林《ちくりん》が繁茂《はんも》していて、そこに森の蛍と言われるヒメホタルが生息しているのだ。林に分け入っていくと、漆黒《しっこく》の闇のなかに無数の金色の光が点在していた。辺りには他に人は誰もいない。

「うぁー」

助八が嬉しそうな声を上げて、蛍の方に駆け出していく。

「おい、助八、余り近寄ると、蛍が逃げてしまうじゃねえか」

孫七が弟の首根っこを掴まえて、たしなめる。その様子を見て、次郎と土用は顔を合わせて微笑んだ。

「清らかな光ですね」

異様な気配を感じてから、心が休まる日がなかったが、少し落ち着いてきた。その時である。林の奥からガサガサという音が聞こえてきたのは。一同の視線が音の方に集まる。

(何だ)

身構える次郎であったが、暫くして顔を出したのは、狸の親子。ほっと一息ついた次の瞬間—狸が顔を出した林の闇の中に、青白い炎が五つ浮かび上がった。それが、ゆっくりとこちらに近付いてくる。蛍の光は、いっせいに、どこかに飛び散ってしまった。

「人魂《ひとだま》だ」

助八が叫び、孫七の腰にしがみつく。次郎は、土用を守るように手を添えた。五つの炎が、林の隙間から、ぬっと飛び出てきた。炎に照らされたのは、甲《かぶと》を着た五人の男たちであった。

真ん中に立つ男は、頭目《とうもく》であろうか、弓を手に持ち、無精髭《ぶしょうひげ》を生やしている。他の四人は、髭は生やしていないが、どの男も太刀を肩に担いでいた。風体から、盗賊であることは間違いない。

「お頭、こいつは上玉ですぜ」

無精髭の左隣にいたギョロ眼の男が、土用を見て、舌なめずりする。無精髭は何も言わず、しゃくれた顎《あご》を横に振った。合図だったのだろう、手下の四人は、さっと前後ろ二つに分かれて、次郎らを逃がさぬようにした。孫七と助八は、恐怖に耐えきれず、身を寄せ合い、うずくまってしまった。次郎は、盗賊共に鋭い視線を送りつつ、土用を自分の後ろに立たせ、手で庇《かば》った。

「まずは、そこの餓鬼《がき》だ。ギャアギャア騒がれては堪らんからな」

ギョロ眼の男が、孫七と助八を指さした。助八は、孫七の懐に顔を押し付ける。孫七は、ギョロ眼の男に殴りかかろうとした。

「おっと」

孫七の後ろにいた賊が、背後から孫七の肩をつかみ、羽交《はが》い締《じ》めにする。箙《えびら》から矢を取り出し、つがえた無精髭は、ためらいもなく、シュッと矢を放つ。矢は、孫七の額を貫いた。

額からは、赤黒いものが吹き出て、孫七はどっと倒れた。

「あっ、兄ちゃん」

助八は、兄の死体にすぐさま駆け寄って、頬を摺り寄せ涙を流している。そこを、ギョロ眼の男が太刀を一閃《いっせん》させた。次郎が助けに向かうため、足を前に出した直後、助八の首は胴から離れた。孫七と同じく、血が地べたに広がった。

「くそ」

次郎は短く叫ぶと、ギョロ眼の男に掴みかかろうとした。男の太刀が薙《な》いだので、すっと身をかわした次郎だったが、左掌《さしょう》から一文字に血が噴く。左掌を右手で押さえる次郎は、母の方を見た。母も既に賊二人に肩を掴まれ、身動きがとれない。

「次郎」

土用の涙声が闇夜に響いた。

「おい、早く、その餓鬼も始末して、女と楽しもうぞ」

ギョロ眼の男が、より大きく眼を見開いた。次郎の後ろに回った、よく肥えた鈍そうな賊が、

「しかし、こんな薄汚い餓鬼を殺して、真《まこと》に残りの銭をたんまり貰えるんですか」

よだれを垂らしながら、ギョロ眼に聞いたが、

「いらん事は言わず、さっさとやれ」

苛立たしげな声が返ってきたのみ。肥えた男は、両手を上にあげると、次郎に向かい、駆け寄ってきた。一気に捻《ひね》り潰す気なのだ。

次郎は眼を瞑《つむ》り、男に一打でも喰らわそうと、手に力を入れる。肥えた男の両手が次郎の肩に触れた直後、男の体がのしかかってきた。

(苦しい)

次郎は男の腹の中で、もがいたが、男はその後、ピクリともしない。次郎の顔に滑《ぬめ》りとしたものが垂れてきた。手でふき取ってみると、血だ。男に何かあったのか。そう感じた次郎は、ごそごそと体を動かし、外にはい出た。

「何だ、お前は」

ギョロ眼の男が唾を飛ばしながら、喚《わめ》いている。次郎が振り向くと、柿渋色《かきしぶいろ》の装束《しょうぞく》を着た三人の男が立っていた。何れの男の手にも、直刀《ちょくとう》が握られており、その中の二人の刀の切っ先からは、血が滴《したた》っている。肥えた賊は、彼らに刺され、絶命したのだ。

よく見ると、土用を捕まえていた賊二人も仰向けに倒れている。土用は、そこに気が抜け

たように、座り込んでいた。

柿渋色の装束を着た男らは、顔を墨のようなもので塗っていたが、そのうちの一人が、ギョロ眼の男の面前にツカツカと進み出る。ギョロ眼は、太刀を振り上げ、

「ぶった斬ってやる」

雄叫びをあげるが、瞬時に、直刀がギョロ眼の心《しん》の蔵《ぞう》を刺し貫いていた。ギョロ眼は、断末魔の声を放ち、血反吐《ちへど》をはいて、うつ伏せに倒れた。

残る無精髭の男は、弓を放り投げ、太刀を構える。ギョロ眼を倒した男は、直刀を天に掲げて、賊に向かい、突進する。両者は、目にも止まらぬ速さで、交差した。身体を刻まれて、倒れたのは、柿渋色の装束の男であった。太刀に付いた血を、ペロリと舐めた無精髭は、残された柿渋色装束の二人の前に歩を進める。それぞれ左右に飛び跳ね、身構える二人、そして、素早く、直刀でもって、無精髭に襲いかかった。

無精髭は、右方よりの襲撃は、太刀で防げたが、多勢に無勢、左方からの攻撃には抗しきれず、腕を貫かれた。動きが鈍った無精髭は、隙を突かれ、直刀の餌食となった。体の複数の箇所を刺されて、呻き声も出さずに、ついに倒れた。

柿渋色の装束の二人は、死んだ仲間のもとに歩み寄らず、次郎のところに来て、片膝《かたひざ》をつ

き、

「大事、ございませんか」

声を揃えた。次郎は左掌を負傷していたが、出血が激しくなかったので、コクリと首を縦に振った。突如、次郎らが来た竹林の方から、松明《たいまつ》を持ち、紫頭巾《むらさきずきん》を被った男が現れた。頭と口元は頭巾で覆われ、目と眉根《まゆね》のみが露わになっている。男は、次郎の前まで来ると、その頭巾をサラリと剥ぎ取った。柿渋色の装束の二人は、膝をつき、男に一礼する。次郎は、松明に照らされた男の顔をまじまじと見た。

(どこかで見た顔だ。どこかで)

次郎は自問した挙句、印地打ちの日に一目見た直垂姿の小太りの老武士を思い出した。老武士は、あの時の人懐っこい笑みはどこへやら、岩のように厳しい表情だ。老武士は、その表情のまま、次郎に向かい、

「ご無沙汰しております」

白髪頭を下げた。続けて柿渋色の装束の男たちに、

「段蔵《だんぞう》は、残念であった。丁重《ていちょう》に葬《ほおむ》ってやれ」

無念そうに呟き、死して倒れている装束の男を見やった。次郎を再び見た老武士が、

「次郎様、この度は、申し訳ございません。幼馴染を助けること叶わず。また、次郎様に恐ろしい想いをさせてしまいました」

と言ったので、

「なぜ、名を」

次郎は、一歩、後ずさりながら尋ねた。老武士が口を開こうとした時、土用がふらつきながら寄ってきて、

「遊佐様、これはどういうことでございますか。訳を知りたく思います」

母にしては珍しく、幾分厳しく問いただしだ。

「これは、土用様。お久しゅうございます」

「母上、知り合いなのですか」

次郎は、母と老武士の顔を交互に見て、口をポカンと開けた。

「土用様にも此度《こたび》のこと、お詫び申し上げます。実は先ほどの賊は、畠山持富様に心を寄せる奸臣《かんしん》・神保備中守が、銭《ぜに》にて雇い差し向けし者ども」

「なぜ、その神保という者が、このような酷《ひど》いことを」

土用は、遊佐に、にじり寄る。遊佐は、土用の目をじって見ながら、

「話せば長くなりますので、手短に申します。徳本様は、弟・持富様を養子にされていますが、そこにおられる次郎様を自らの跡継ぎにと考えておられます。その事が、持富様や神保の気に障《さわ》り、次郎様を亡き者にして、己らが畠山家を牛耳りたいと欲を起こしたのです」

「何と。次郎を畠山の跡継ぎに」

今度は、土用が呆気《あっけ》にとられる番だった。

「なぜですか、なぜ今さら次郎が」

土用は、声を大にして、遊佐の垂れた両手を掴んだ。

「今さらではありませぬ。これも、お二人に詫びねばならぬが、実は、殿の命によって、それがしは、次郎様の育ちをずっと密かに見て参った。それは殿が、次郎様にも目をかけていたからです。そして次郎様は、母御《ははご》想いの、智略《ちりゃく》溢れる男子《おのこ》にお育ちになった。何より、次郎様は殿の」

「あっ」

土用は短く叫んだ。遊佐は口を噤む。

「母上、徳本様とは誰なのですか。跡継ぎとは何のことなのですか」

目を瞑《つぶ》り、薄っすら涙を流している土用は、次郎の問いかけに、

「次郎、徳本様とは、お前の父上です。管領を務めた畠山家の当主。そして、そこにおられる方は、その臣・遊佐河内守国助殿」

ゆっくりと噛みしめるように言葉を紡《つむ》いだ。次郎は、余りのことに、何をどう答えて良いか、呆然として立ちすくむのみであった。

「それで、それで母上は、自らのことを母上と呼べと」

手に汗握り、やっと出た言葉がそれである。

「そうです。武家の棟梁《とうりょう》が、母ちゃんではいけませぬから。もしもの時のため、言葉遣いには気を付けてきました。でも、お前が畠山の当主になることは、あるまいと思っていました。

「なぜ、母上や私は、畠山の屋敷に住まわせてもらえなかったのですか」

次郎は、口を尖らせる。土用は、次郎の両肩に手を置き、
持冨様がいらしたから」

「様々な訳がありましょうが、徳本様は、そなたが、貧しきなかに身を置いて、名もなき民と如何《いか》に育つか、見極めたかったのでしょう。そなたを石清水八幡宮《いわしみずはちまんぐう》の社僧《しゃそう》にするとの御考えもあったようですが」

優しく諭《さと》した。土用は当時、諸大名の邸《やしき》を渡り歩く遊女であったとの説もある。その説が

事実ならば、畠山邸を訪れた土用を徳本が見初《みそ》め、まぐわい、次郎が生まれたということだろう。これも俗説《ぞくせつ》ではあるが、土用は小笠原《おがさわら》家や江馬《えま》家など他家でも子をなしたと言う。

土用の答えに、納得しきれていないのか、次郎は顔を落とした。遊佐国助が、

「急なことで、次郎様にしても、何が何やらという想いでしょう。ここは、一先《ひとま》ず、畠山の邸《やしき》に入って頂きたい。長屋にいては、またいつ刺客《しかく》が来るか。ささ、参りましょう」

口早に述べ、二人を促した。土用は、次郎の右手を握り、歩もうとしたが、次郎は動かない。

「家には、もう帰れぬのですか」

哀し気な声を土用に投げかけた。

「そうですね。今は、そなたの身が危ない。畠山の邸にいることが、そなたにとって大事なのです」

土用が更に手を引っ張ろうとしたので、次郎は、

「待って」

と言い、手を振り払い、孫七、助八兄弟が倒れているところに駆け付けた。手を合わせて、何事かを念じた次郎は、続いて柿渋色装束の段蔵の許にも行き、同じことをした。国助や土

用も、次郎に倣《なら》った。彼らの骸《むくろ》は、柿渋色装束の男が埋めてくれるだろう。

闇夜が濃くなるなか、国助の松明を頼りにして、畠山邸に歩み始めた次郎と土用。お互いの手は、固く握られていた。

第二章
御家騒動

畠山邸の門をくぐった次郎らは、奥の座敷に通された。これまで、外から見上げるだけであった武家の邸に初めて入った次郎は、蔀戸《しとみど》・連子窓《れんじまど》などの調度《ちょうど》、そして長い廊下、門の多さにも興味津々《きょうみしんしん》であった。

「これは何？」

遊佐国助をつかまえては、何度も尋ねた。国助は、その度に例えば、

「これは中門廊《ちゅうもんろう》でございます」

などと解説した。奥の座敷に入った時には、まだ誰もいなかった。次郎、土用、国助は、しばらく燭台《しょくだい》の蝋燭の火を眺めることになった。次郎には、燭台や蝋燭も珍しく、側に寄って眺めまわした。前髪姿《まえがみすがた》で刀を捧げた小姓《こしょう》が一人、座敷に入ってきたので、国助が次郎に、

「殿が御成《おな》りでございます」

と囁《ささや》いた。次郎は姿勢を正したあと、平伏《へいふく》する。足音が聞こえ、側を通り過ぎる時、柔らかな微風《びふう》が頬に当たった。

「面を上げよ」

威厳ある声が辺りに響く。次郎が顔を上げると、上座《かみざ》には坊主頭で素襖《すおう》を着た男が座っていた。

(これが父か)

初めて父と向かい合った次郎は、父が如何なるものか、掴みようがなかった。次郎の心中には、父に会えたという喜びと、父は母や自らを捨てたという悔しさが一度に押し寄せてきた。

「次郎、土用よ、よう参った。息災《そくさい》であったか」

徳本は、次郎と土用を見比べながら、よく通る声で、二人を気遣う。次郎は徳本が現れてから、いつになく身が硬くなり、声が出にくい有様だったので、土用が代わりに、

「お懐かしゅうございます。次郎も、私も健やかに暮らしてきました。此度のこと、驚いております る」

麻の小袖《こそで》のままではあったが、淑《しと》やかに返答した。

「お前たちには、ひもじく、寂しい想いをさせて、すまなんだ。大いに悔《く》いておる」

徳本は、家臣の前であったが、深く坊主頭を下げた。国主がこのようにすぐ頭を下げるものなのか、次郎には判然としなかったが、飾らない人柄には好感を持った。

「また、此度は、危なき目に合わせて、すまぬ。許してくれ」

徳本は、またもや、頭を下げると、続けて、

「憎っくきは、神保じゃ。賊を篭絡《ろうらく》し、次郎を襲わせるとは。持富が此度のことに絡んでおるのかどうかは知らぬが、神保のような臣を側近く召しておること、汚らわしきこと限りなし。それだけでも、当主の器ではないわ。最早《もはや》、持富は我が後継《こうけい》ではない」

先程とは変わって、烈《はげ》しい怒りの口調である。鋭い眼付《めつき》は、獰猛《どうもう》な虎《とら》をも食い殺してしまいそうだ。次郎はその眼付に寒気がしたが、負けてなるものかと思い、睨み返した。次郎の姿勢に気付いたのか、徳本は我に返ったように、

「次郎よ、儂はそなたを恃《たの》みとしておる。儂の後継になってはくれぬか」

優しい眼をして、問いかけた。次郎は暫く、黙考した。心には様々な言《こと》の葉《は》が浮かび上がった。貧しいながらも懐かしき我が家に帰りたい。畠山家の当主になれば、母上を楽にすることができる。いや、そもそも私に当主が務まるであろうか。この先、父に操られて生き

ていくことになるのでは。どうする、どうする。次郎は、胸のうちで叫んだ。つと脳裡《のうり》に浮き出たのは、賊に嬲《なぶ》り殺しにされる孫七、助八兄弟の姿であった。

（許せぬ。孫七らを殺めた奴らをこの手で）

両拳《りょうこぶし》を握りしめた次郎は、

「私に当主の器《うつわ》がありましょうか」

徳本を食い込むように見た。徳本も次郎を見つめていたが、

「これまで遊佐から、そなたのことは、よう聞いて参った。人に対する情が深く、機を見るに敏《びん》。まさに将《しょう》に将たる器じゃ。だが、玉も磨かざれば光なし。更なる修養が要るのも確か」

厳《おごそ》かに話して聞かせた。

次郎は声を張り上げて、父に願った。徳本は膝を叩くと、

「精進《しょうじん》しとうございます」

「それでこそ、我が子じゃ。励《はげ》むが良い」

上機嫌に笑うと、土用に何やら耳打ちし、座敷を後にした。次郎の手には、汗がにじみ出ていた。その夜、次郎は独り、慣れぬ寝所《しんじょ》で、寝付くことはできなかった。

＊

　次郎が寝所で何度も寝返りをうっている頃、神保国宗が在京《ざいきょう》の際に留まる邸では、国宗と、志《こころざし》を同じくする椎名右衛門督《しいなうえもんのかみ》が額《ひたい》を突き合わせて話し込んでいた。椎名氏は、越中の有力国人であり、後《のち》には新川郡《にいかわぐん》の守護代《しゅごだい》を務めることになる。

「では、桂女の童《わらべ》を殺めることは、できなかったのですな」

　右衛門督は、緑衣《りょくい》の袖を手で撫でつつ、国宗の鋭い眼を上目で見た。

「猛者《もさ》を遣わしたのだが、邪魔が入った。遊佐の手の者じゃ」

　国宗は、右衛門督を見返して、舌打ちしつつ、

「じゃが、これはこれで良《よ》い。入道や遊佐は、今頃、怒りに震えておろうよ」

　と言うと、今度は薄笑いを浮かべた。

「強気じゃな。これから、どうする」

「先ずは、担ぐ神輿《みこし》を変える。此度のことで、持富様の器量がよく分った。危急の時、あの煮え切らなさでは、当主など務まらぬ。野心がある御人《ごじん》ではないし」

国宗は吐き捨てるように言うと、

「では誰を担ぐ」

右衛門督は、身を乗り出して、国宗の答えを待った。

「弥三郎《やさぶろう》様よ」

「若殿か」

畠山弥三郎は、持冨の長男であり、当時、十六歳であった。

「若殿の器、そなたはどう思う」

右衛門督は、語気を強めて尋ねる。

「若年ではあるが、学問も武芸も達者。何れ、英邁《えいまい》な国主になられるであろう」

「うむ、儂も若殿の評判は聞いておる。同じ担ぐなら、しっかりした神輿が良い」

口元に笑みをもらして、右衛門督が軽く手を打った時、障子《しょうじ》が開いた。二人の眼がそこに注がれる。細面《ほそおもて》で眉毛が吊り上がった若い男が、胡坐《あぐら》をかいて頭を下げつつ、言った。

「申し上げます。遊佐より書状が参りました」

「何、遊佐じゃと」

右衛門督は、片膝を上げて、若い男の顔を見た。

「遊佐長直《ながなお》様でございます」

「長直殿か」

右衛門督は、安堵したというように、座り直した。遊佐長直は、国助と同じ遊佐の一族だが、国助とは反目し、持冨派に近付いていたのだ。

「長誠《ながのぶ》、これへ。書状を見せよ」

国宗は、若者を手招きしたので、若い男は書状を捧げる。若者は、神保長誠。国宗の嫡男《ちゃくなん》であった。遊佐長直の密使《みっし》によってもたらされた書状は、小さな紙に細字《ほそじ》で書かれていた。

国宗は、書状を読み込むと、おもむろに口を開いた。

「長直殿も、事あらば我らに付くと書いておる」

「それは祝着《しゅうちゃく》。それにしても、神保殿は手が早い」

右衛門督は、にんまりして答えた。

「土肥《どい》にも使いの者を出しておる」

自らの根回しの良さを誇るように、国宗は胸を張った。土肥氏も椎名氏と同じく越中の国人である。

「しかし、弥三郎様の意向はどうであろう。宗家の家督《かとく》を狙う意向はあるであろうか。我らばかりが先走り、肝心の神輿が逃げてしまうことになっては、何にもならん」

夜が更けてきたこともあり、右衛門督の顔にも疲れが見られた。

「我らが一丸となって、弥三郎様を盛り立てるしかあるまい。これは、急《せ》いては事を仕損じる。ゆるりと事を進めるのだ」

国宗は、右衛門督に近寄り、ぐっと手を握りしめた。

＊

蝉の声が喧《やかま》しく響くなか、畠山持富の邸の前では、暑さに負けたのだろう、犬が一匹、足を投げ出してへたり込んでいる。通りすがりの行商人や、童《わらべ》たちも汗を拭いながら、歩を進めている。そのような中、邸の庭先からは、

「やっ」

という威勢の良い声が聞こえてきたので、歩を止めて邸に顔を向ける者もいた。暫くして、邸内からは、歓声が聞こえてきた。

邸の庭には、片肌脱いで、矢を弓につがえて引き絞る男の姿があった。年の頃は、二十と

いったところか。烏帽子を被った、細面《ほそおもて》の若者の顔からは、一筋の汗が流れ落ちようとしていた。

縁先《えんさき》には、持冨とその侍臣五人が座り込み、若者を食い入るように見つめている。持冨の手には、杯があり、その顔は上気《じょうき》していた。杯から酒が無くなると、侍臣《じしん》が徳利《とっくり》から酒を注いだ。

「やっ」

先ほどと同じ若者の声があがった。同時に矢が吸い込まれるように飛び、的の真ん中に命中する。また、どよめきの声が起る。

「さすがは、若殿」

「見事でございますな」

侍臣は、口々に持冨の耳に賞賛の声を届けた。持冨は満足気に頷くと、

「弥三郎、これに」

若者に向かい呼びかけた。弥三郎は、弓を側に控える家臣に預けると、持冨の前に来て、片膝付いた。

「あ、あっぱれな弓捌《さば》き。見事だ。さ、さすがは儂の世継ぎぞ」

呂律の回らない口調で、持冨は我が子を褒めちぎる。

「有難きお言葉」

弥三郎は、涼しげな顔に笑みをたたえて、軽く頭を下げた。

「儂はもうこの世に飽いた。未練と言えば、そなたに、畠山宗家の惣領《そうりょう》になってもらいたかった。しかし、兄上は儂を廃嫡し、桂女の子を後継者に定められた。桂女の子も、上様(室町幕府八代将軍・足利義成《よししげ》)より、偏忌《へんき》を受けて、今では次郎義夏《よしなつ》と名乗っておるが。椀飯《おうばん》(守護大名の棟梁が将軍に魚などの料理を奉って会食する儀式)の役目も務めて、上様にも気に入られておるとか。去年(一四五一)には、伊予守《いよのかみ》に任じられておる」

周りの侍臣《じしん》は(またか)という顔をした。近頃では、酔うといつもこの話をした。酔わずとも、ため息交じりに、話すこともあった。

「父上、愚痴を言うても始まりませぬ」

そんな時、弥三郎は同じ言葉で宥《なだ》めるのだ。弥三郎が立ち上がると、廊下に神保国宗の狐顔が見えた。国宗は持冨らのもとに近付くと、

「お館《やかた》様、弥三郎様、只今、越中より罷《まか》り越しました」

と言ったので、持冨は、

「御苦労。どうじゃ、一献《いっこん》」

と杯を突き出した。

「いえ、拙者は。お館様、御酒《ごしゅ》を真昼から召されるのは」

遠慮がちに言う国宗を睨みつけた持冨は、

「飲まずにいられようか。面白うもない、この世。飲まずに」

言うが早いか、立ちあがり、奥の間に引き上げようとする。千鳥足で歩く持冨が更なる一歩を踏みだそうとした時、突然、身体が崩れて、俯《うつむ》けに倒れた。

「お館様」

初めに側に付き添っていた侍臣が、次に弥三郎や国宗らが慌てて、持冨のところに駆けつけた。

「急ぎ寝所に」

「薬師《くすし》を」

との声が飛び交い、持冨の身体は担ぎ上げられて、寝所に運ばれた。寝所には、大陸の嶮《けわ》しいそして荒涼とした山並みが描かれた屏風《びょうぶ》が立てられていた。持冨は、苦し気な息を繰り返したが、とうとう目を見開くことはなかった。殆どの重臣は涙を浮かべているが、国宗のみは、青白い顔をして、畳を見つめていた。冷たくなった父の側で弥三郎は、姿勢を正して言った。

「父は、次郎殿が宗家《そうけ》の後継となってから、酒浸りになられた。余程、悔しかったのであろう。だが、父は次郎殿から家督を奪うほどの気概はなかった。その果てに、酒に溺れ亡くなられた。持国様に父は殺されたようなもの。私は許すことはできぬ。家督の座を俄《にわ》かに奪うこと大いなる不義ではないか」

静かではあるが、怒りを湛えた口調に、重臣らは、

「まさにその通りでございます」

と頷き、ある者は、

「許せませぬ」

荒々しく声を放った。弥三郎は彼らのほうを振り返り、

「父の恨み、私とともに晴らしてくれるか」

問いかけたので、国宗を始めとする重臣は、

「遺恨《いこん》、晴らしましょうぞ」

口々に雄叫びをあげた。

「だが焦ってはならぬぞ。機を見て、仇《かたき》を討たねばならん」

弥三郎は、一同の顔を見回した。

そこに、ドタドタと足音をたてて、現れたのは、十歳ほどの少年であった。渋色の小袖を着た少年は、弥三郎や重臣の視線を浴びても、たじろぐ風もなく突き立っている。

「次郎、父上が亡くなられた時に、どこに行っておった。探したのだぞ」

弥三郎は、次郎と呼んだ少年を問い詰めたが、少年は、

「野山で木刀を振っておりました」

悪びれる様子もなく言った。次郎は持冨の次男であり、弥三郎にとっては弟にあたる。

「次郎よ、父上のお顔を」

弥三郎が弟を呼ぶと、次郎は持冨が横たわっている布団の側には来たが、座り込むこともなく、立ったまま死に顔を見ただけで、さっと外に飛び出してしまった。

「仕様のない奴だ」

弥三郎は独り言《ご》つと、持冨の顔を再び見て、父を死に追いやった者への復讐を誓った。

＊

入道雲が湧きたつ空のもとを、綾藺笠《あやいがさ》を被った直垂姿の男二人が草原を馬で駆け抜けている。技量の差か、二人の間には、距離が生まれていた。前方を走る男が、空穂《うつぼ》から矢を取り出す。そして、矢を弓の弦にひっかけると、手際よく草の茂みを射た。キィーと鳴き声が聞こえると、男は手綱を引き、馬を止める。

馬から降り、茂みを少しかき分けると、兎《うさぎ》が一羽、矢に射られて死んでいた。そこに、後方から息を切らせて、もう一人の男が駆け付ける。

「義夏様、お見事でございます」

「国助、老いたか。身体が鈍っておるぞ」

そう言いつつ、兎を片手で掴んだ男こそ、闇夜の襲撃騒動から四年、十五歳に成長した次郎の今の姿である。遊佐国助は、息を整えると、

「いや、若殿の技量が余りにも優れているのです」

真顔で言った。

「世辞《せじ》を申すな」

義夏が照れくさそうに国助の顔を見た時、一陣の風が吹いた。顔をしかめた二人の前に現

れたのは、柿渋色の装束の男。

「甚内《じんない》か、如何した」

国助が装束の男に問うと、

「はっ、持冨様、亡くなりましてございます」

畠山持冨が世を去ったことを告げた。

「何と。真《まこと》か」

国助は驚きを隠せない様子で、唾を飛ばした。

「持冨様の邸に忍んで、一部始終を見て参りました。真にございます」

「それで、その後の動きはどうじゃ」

「とりたてて大きな動きはありませんが、後継は、嫡男の弥三郎様にて油断はできません」

「学問だけでなく、武芸にも秀《ひい》でていると聞く。それにしても持冨様が亡くなられるとは。

甚内よ、引き続いて、弥三郎様の動きを探ってくれ。それと、神保国宗にも用心せよ」

甚内は頷くと、獣のように駆けだし、姿を消した。甚内は、賊による襲撃の際に落命した
忍び段蔵の一味《いちみ》である。

「持冨様が亡くなられた」

呆然として国助が呟いたので、義夏は、

「国助、驚くにはあたるまい。持冨様は、前々から酒に溺れていたと聞く。また、人はいつかは死ぬものぞ」

泰然《たいぜん》として諭した。とは言いつつも、義夏にも感慨はあった。持冨が我が父・持国から疎《うと》まれたからこそ、今の己の立場があるからだ。義夏は目を柔らかく閉じて、これまでの歩みを反芻《はんすう》した。

持国の邸に入った当初、義夏は慣れないことばかりで、困り果てていた。辞儀《じぎ》の仕方から始まり、正しい箸使《はしづか》い、姿勢。剣術や相撲、馬術、弓の扱い、学問に至るまで、畠山の郎従《ろうじゅう》から教えを受けた。腑《ふ》に落ちて、拍子良く進むものもあれば、躓《つまず》いて、戸惑うこともあった。特に行儀作法は、義夏の苦手とするものだった。同じ年の頃の者と、相撲をとったり、木刀を振るうほうが、義夏には合っていた。

持国は、襲撃騒動後も、持冨や神保氏に強硬な態度をとらず、静観の構えを見せたため、平穏な時が刻まれてきた。国宗の挑発は、失敗に終わったのだ。持冨を攻めると、家中を割り、利はないと判《はん》じたためだし、持冨らにも、その後、目立った手向《てむ》かいがなかったことも大きい。だが、持冨亡き今、弥三郎を担ぐ家臣がどのようなことを仕出《しで》かすか、油断はできない。

少々のことでは動じない義夏も、文安五年(一四四八)の元服に際して、時の将軍・義成(後の義政《よしまさ》)に烏帽子親《えぼしおや》になってもらい、対面する時は、身が縮む想いであった。義成は、永享《えいきょう》八年(一四三六)生まれで、義夏より歳は一つ上。当時、十二歳の少年ではあるが、立烏帽子《たてえぼし》に黒地の直垂を着た姿には将軍の威厳と気品がない交ぜになっていた。将軍の頬は薄い紅色に染まり、眉は細く、目は切れ長であった。

義成に烏帽子を被せてもらい、理髪をし、元服の儀は滞りなく済んだ。義成は、

「義夏、励むが良い」

と述べただけで、義夏と頻繁に言葉を交わすことはなかったが、翌年に務めた椀飯の時には、

「この海月《くらげ》は美味じゃな」

とか、

「義夏よ、学問の進み具合はどうじゃ」

などと親しく語りかけてくれた。義成との語らいは、言葉少なではあったが、心が通い合う経験を義夏にもたらした。それは、義成がいつも微笑していたことも大きいかもしれない。

（上様は、心優しきお方なのじゃ）

義夏は、義成のことを想うと、胸が熱くなった。高貴な人の持つ力とは、このように人の心を虜にすることなのか。

「若殿」

国助の声が耳の奥に響き、義夏の心は、今に引き戻された。

「なんじゃ」

眉根を吊り上げて、義夏が問うと、国助は、

「今にも雨が滴《したた》り落ちそうな雲行きですぞ」

掻き曇った天を指さしたので、

「邸に戻るぞ」

義夏は、馬に鞭打つと、一目散に駆けだした。

＊

神保国宗は、堀川通にある山名持豊《やまなもちとよ》（後の宗全《そうぜん》）の邸に足を踏み入れた時、いつも、

（厳《おごそ》かな）

との想いを心に抱く。応対に出た山名の臣、すれ違う山名重臣たちには、他家にはない無骨さがあった。守護大名《しゅごだいみょう》の山名氏は、侍所頭人《さむらいどころとうにん》を務める家柄であり、但馬《たじま》や播磨《はりま》・備後国《びんごのくに》を治める武家であることも影響しているのであろうか。都人《みやこびと》がみれば、田舎者と蔑《さげす》まれるだろうが、国宗にしても越中国の国人である、通ううちに、どこか親近感も生まれていた。享徳三年（一四五四）の弥生月《やよいづき》、応接の間に通された国宗は、この邸の主人が来るのを待った。

大分、時が経ってから、

「すまぬ、すまぬ。待たせたな」

雷のように響く声で現れたのは、これまた雷神《らいじん》かと見紛《みまご》うばかりの、堂々とした体躯《たいく》をした男である。頭は蛸《たこ》のような形をしているが、柔らかそうではなく、叩けばこちらの手が痺《しび》れるであろう。いつ見ても赤ら顔だ。

「いえ、こちらこそ、それがしのような者と、幾度もお会い頂き、恐縮にございます。今日、お目通りを願ったのは他でもありません」

国宗は一呼吸置くと、持豊の顔を見た。この言葉をいうために、これまで何度も山名邸に足を運んできたのだ。持豊は大きな目を見開き、射《い》るように国宗の目を見つめている。

「右衛門督様（持豊）、我ら、いよいよ兵を挙げまする」

国宗は、目を細めて言うと、持豊の言葉をじっと待った。

「おうっ、弥三郎殿が挙兵されるのか」

驚きもせず、宗全は問いかけたので、

「はい、しかし先ずは、殿（弥三郎）に同心する我ら神保の一族が兵を挙げまする。決行は卯《う》月《づき》三日」

「勝てるか」

持豊の言葉はいつも単刀直入だ。

「敵の不意を突きますれば、我らが勝つかと」

「戦とは何が起こるか分らぬもの。用心されよ」

持豊は、応永二十八年（一四二一）、十七歳の時に初陣を飾る。嘉吉元年（一四四一）には、将軍・足利義教を暗殺した播磨の守護大名・赤松満祐討伐《みつすけとうばつ》の戦（嘉吉の乱）に参戦し、赤松方に猛攻を加え撃滅させた持豊は、戦とはどのようなものかを熟知していた。

「肝《きも》に銘《めい》じまする」

国宗は平伏すると、

「右衛門督様は、廃嫡の憂き目にあわれた持富様を哀れに思われ、今では、我が殿にも目をかけて頂いております。事ある時は、これまで同様、我らにお味方頂けますか」

今度は顔を上げて、持豊の眼を見て懇願した。

間髪入れず持豊は、

「儂を誰だと思うておる。言わずと知れたこと。お味方致そう」

断言する。

「ありがたき幸せに存じます」

深く礼をした国宗は、

「では、この事、急ぎ殿に伝えます」

と言うと、座を立って広間から出ていった。国宗が去ってから、すぐに、顎に伸び放題の髭を生やした、厳《いか》めしい男が入ってきた。山名家の重臣・太田垣土佐守《おおたがきとさのかみ》である。

「殿、如何でございますか」

太田垣が大声で尋ねたので、持豊は、

「声が大きいぞ」

と叱ったうえで、

「畠山は二つに割れるぞ」

声を落として、ほくそ笑んだ。

「それは、ようございましたな」

またも声を張り上げた太田垣は、それに気が付いてから、慌てて口を押えた。

*

神保国宗は、山名邸を出ると、そのまま寺之内通《てらのうちどおり》にある細川勝元《ほそかわかつもと》邸に向かった。勝元は、細川宗家(京兆家《けいちょうけ》)の当主であり、文安二年(一四四五)、十五歳の時に、幕府の管領を務めていた。文安四年(一四四七)には、持豊の養女を正室に迎えている。若いが切れる人物と専《もっぱ》らの評判であったし、国宗もこれまで会見してきて、それを実感してきた。広間に通された国宗は、勝元に対し、挙兵の件を告げようとしたが、

「いよいよ兵を挙げるのか」

逆に勝元から核心を突く問いが発せられたので、さすがの国宗も息が詰まった。

「はい、左様《さよう》でございます」

やっと声に出していったが、勝元は、品の良い口元を開き、

「用心されよ」

持豊と同じ言葉を国宗に与えた。勝元は全て見通していると考えた国宗は直截《ちょくさい》に、

「恐れ入ります。右京《うきょうの》大夫《だいふ》様(勝元)、事ある時、我らにお味方頂けますか」

勝元の高く目立つ鼻を見て言った。勝元は、考えるまでもないといった表情をして、

「良かろう」

と静かに言う。国宗は礼を述べてから、広間を出ると、額の汗を拭った。

(これで良い。我らが勝てる)

国宗は拳に力を入れて、来るべき戦への自信を深めた。

*

享徳《きょうとく》三年(一四五四)卯月三日、夜はまだ明けきらず、静寂に包まれていたが、神保国宗の京の邸では、胴丸《どうまる》を付けた武士たちが、傍らに薙刀《なぎなた》を置いて、主人の出陣の命を待っていた。畠山持国の邸や遊佐国助邸を攻めるためだ。そのうち、椎名氏や土肥氏からも援軍が来

るだろう。

広間では、引立烏帽子《ひきたてえぼし》に白の鉢巻《はちまき》を締め、萌黄錦《もえぎにしき》の鎧直垂《よろいひたたれ》を着した国宗が、床几《しょうぎ》に坐していた。出陣は四半刻《しはんとき》(三十分)後に迫っている。

(いよいよか)

細い眼を瞬きもせずに、国宗は広間から眺められる庭を見つめた。息子の長誠は、弥三郎に付けた。もし己に何かあっても、これで神保家は残るであろう。

闇の中の庭を見ていると、突然、馬の嘶《いなな》きが邸の周りから聞こえてきた。

「何事か」

国宗が叫ぶと同時に、廊下を鳴らして、胴丸姿の男が駆け付けてきて、片膝ついた。

「邸が、邸が軍兵《ぐんぴょう》に囲まれております」

「何じゃと。椎名らの援軍ではないのか」

「いえ、おそらくは、敵勢かと」

男の話が終わらぬ間に、火矢が邸に飛び込んできて、その一筋が柱に突き刺さった。

(用心されよ)

持豊と勝元の声が今更ではあるが、耳に木霊《こだま》した。火矢は、邸のいたるところに刺さり、炎をあげている。このままでは、邸内の者、全て焼け死ぬであろう。

「打って出る。皆々にそう伝えよ」

「はっ」

男は慌てて走り去る。国宗が廊下に出てみると、門が開けられ、すでに家中の者と敵勢が、干戈《かんか》を交えていた。金切り声をあげて、逃げ惑う女子の姿も見える。薙刀で腕を刺されて苦しむ者、矢に射られて既に死んでいる者、戦況を見るに、明らかに神保勢が押されていた。刀と刀がぶつかり合う音が、そこかしこで聞こえる。

「これは如何したことか」

一族の神保次郎左衛門が、老いた体を引きずり、国宗の肩に手をかけて揺すった。

「敵に不意を突かれました。持国様の手勢でござろう。敵勢が迫っています。ご免」

国宗は次郎左衛門の手を払いのけ、門の方に向かう。敵味方、双方の喚声があがり、兵は入り乱れ、押し合い圧《へ》し合いしているなかを、国宗は駆け抜けていき、

「押せ、踏ん張るのじゃ。もうすぐ援軍が来る」

叫んで回った。その時、背後から、ズシリと重いものが、首に突き刺さってきた。振り返ると、黒の半首《はつむり》を付けた敵兵が薙刀を国宗の首に突き立てていた。国宗は深い唸り声を絞り

出し、その場に倒れた。兵は、腰刀《こしがたな》を抜き、国宗の首を切り、高く掲げた。主を失った神保勢は、更に崩れて、ある者は討ち取られ、ある者は闇に紛れて、何処かに逃げ出した。

この日、神保邸を奇襲したのは、遊佐国助であった。国助は、忍びの者から、国宗らの不穏な動きを知らされ、持国に相談のうえで、ついに夜討《ようち》にいたったのだ。

甲冑《かっちゅう》を着て、馬にまたがる国助は、闇夜に炎によって照らし出され、崩れていく神保邸をじっと眺めていた。

「遊佐様」

「甚内か」

国助は、声がした後ろを振り返らずに、

「此度もそなたに助けられた。そなたの報《しら》せがなくば、今では儂らが、この邸のように崩れ去っておる」

と続けた。甚内は何も言わずに、国助とともに燃え盛る炎を見つめていた。そのうち、討ち取られた首が国助の周りに集められてきた。見知らぬ首も数多《あまた》あったが、その中には、細い眼を付けた顔があった。神保国宗の首であった。国宗の顔は、意外に安らかだが、口からは一筋の血が流れ出ていた。戦いは、半刻《はんとき》のうちに片が付いた。

*

万里小路―畠山持国邸の側にある池畔《ちはん》には、幕が張られ、そのうちには、持国や義夏が、折烏帽子に鎧姿で床几に坐していた。

「申し上げます。遊佐様、ご帰陣にございます」

との声が聞こえて間もなく、国助が姿を見せた。顔には疲れが見えているが、体からは緊張感が抜けきっていないかにみえる。

「神保備中守、討ち取りましてございます」

胡坐をかき平伏した国助が、

「首をお目に掛けます」

と力を込めて言ったので、持国は、

「ようやった。ようやった」

左手の弓杖《ゆんづえ》を握りしめながら、満足気に国助を称えた。国助の従者が折敷《おしき》に首を載せて現れた。

「義夏、よう見ておれ」

持国は、正面を向いたまま義夏に語り掛けると、床几から立って弓杖をついた。そして、右手の太刀の柄に手をかけて、少しばかり抜いた。左の眼尻で一目、国宗の首を見た持国は、抜きかけの太刀を収めると、今度は右手で弓杖をつき、左手で扇を開いた。従者は、持国が首を実検したのを見届けると、首を台のうえに載せたまま、左へ回り退出する。

「神保備中守を討ち取りましたのは、走井《はしい》備前守にござります」

国助が声を大にして申し上げる。

「おぉ、走井の勲功比類なし。何れ恩賞を授けようぞ。ところで義夏」

持国は義夏に顔を向け、

「神保備中の首、如何する」

と問うた。義夏の頭には、孫七、助八兄弟の無残な死が思い出されていた。国宗の雇った賊によって、幼馴染は殺されたのだ。その時の悲しみと怒りの感情が湧き出でて、

（孫七、助八、仇はとった）

（神保の首など棄てるか、晒《さら》すかすれば良い）

義夏の心の声が響きわたり、

「晒すが良いかと」

父の目を見据えて言った。

「何故じゃ」

「此度のような謀叛《むほん》を二度と起こさせぬためです。見せしめにするのでございます」

「弥三郎に首を送るという手もあるが」

「晒すほうが、効き目がございましょう。敵は神保一族だけではありません」

「相分《あいわ》かった」

持国がピシャリと言った時、

「切腹せし、神保次郎左衛門の首でございます」

幕の外から、兵卒《へいそつ》の声がした。今度は老武者の首が、義夏の眼に飛び込んできた。

*

大外記《だいげき》を務めた貴族・中原師郷《もろさと》は、畠山の分裂騒動を日記に「これにより、洛中の騒動、以《もっ》ての外《ほか》なり」(『師郷記』)と記した。

「都で大乱が起きるのでは」

「逃げ支度じゃ」

都人が戦々恐々としているなか、持国勢に追われた弥三郎一党は、多くは、寺之内通の細川勝元邸に参集していた。

「面目次第もございません」

弥三郎は、広間にて、勝元に対して頭を下げるも、勝元は、

「頭をお上げくだされ。戦は時の運、敗れることもある。それにしても、神保備中守は不運でござった。ほんの数日前、我が邸にて対面したばかり。それがもう首になっていようとは。世は非常でござる」

と言うと、目を閉じてしまった。弥三郎は、

「徳本入道は、我らに加担した椎名、土肥などの臣下を早くも追い払っております。これから更に、我らに対する風当りは強くなりましょう」

歯噛《はが》みして悔しがったので、

「案じなさるな。弥三郎殿には、この勝元が付いておる。指一本、触れさせぬ。また、舅殿《しゅうどの》(山名持豊)も、弥三郎殿を大層買っておられる。大船に乗った気でおられよ」

勝元は眼を見開いて、両手で船の形を作って言った。

「物の怪の船でございますか」

弥三郎のすぐ後ろから、声がした。勝元と弥三郎の視線がそこに注がれる。

「これ、次郎、何を言うか」

弥三郎はすぐに叱ったが、勝元は、

「弥三郎殿の弟御《おとうとご》であったな。物の怪の船とは、どういうことぞ」

笑みをつくって、優し気に問うた。

「細川様も山名様も、我らを庇護《ひご》すると言いつつ、畠山が割れることを、裏では喜んでおられるはず。ですから、物の怪と申したのです」

「次郎、控えよ」

弥三郎は唾を飛ばして窘《たしな》める。

「はっはっはっ」

勝元は、弥三郎を尻目に、愉快そうに笑うと、

「よいよい、正直なお子だ。山名はいざ知らず、我が細川家は、弥三郎殿を真にお支えしようと思うておる。我らの誠意、そなたもとくと見ることになろう」

と笑みを絶やさず言ったが、目までは笑っていないのを次郎は見た。

（油断できぬ御人じゃ。兄のように、唯々諾々《いいだくだく》としていては、こちらが喰われてしまうぞ）

次郎は、勝元の笑みから顔を背けると、軽く舌打ちをした。

＊

遊佐国助による神保邸襲撃から四ヶ月ばかりは、小競り合いも起こらずに平穏な時が過ぎていた。だが、その静けさが、かえって不気味さを増している葉月《はづき》の晦《つごもり》。照りつける日差しが、義夏の顔を小麦色にしていた。

「弥三郎の一党の多くは、細川邸に逃げ込んだと専《もっぱ》らの噂です。忍びの者もそう言っておりました。いつまた、押し返してくるか分りませぬ。父上、見張りに抜かりはありませんか」

板の間の座敷で垂れる汗を拭いもせずに、義夏は父・徳本に用心を説いた。徳本は、脇息《きゅうそく》にもたれながら、

「分っておる。見張りは、いつもの倍の数を出している。忍びもあちこちに放っている。何かあれば、報せてくるであろう」

面倒くさそうに言い放った。徳本は剛毅《ごうき》な性格ではあったが、時折、厭世的《えんせいてき》になり、人に会いたがらなかったり、引き籠《こも》ってしまう癖があった。

（忍びが報せてからでは遅い。忍びが敵に殺されていることもある。忍びばかりに頼るのは危うい）

義夏は内心そう思ったが、父に対しそれ以上は何も言わなかった。言っても、

「うるさい奴だ。下がれ」

と怒鳴られ、話にならないのは目に見えている。義夏は、家臣たちに警戒を怠らぬよう戒《いまし》めていたが、できることは限られている。いざ戦となれば、力と力のぶつかり合いで、勝つか負けるかしかない。弥三郎は細川勝元の臣・磯谷四郎兵衛《いそやしろうべえ》の邸に逃げ込んだようであり、山名持豊も弥三郎を支持しているようだ。義夏が心であれこれと考えている間に、日は暮れて、夜空に星が瞬く頃となった。義夏が自室で、刀の手入れをしていると、廊下が騒々しく鳴り、

「申し上げます。邸が松明を持った軍兵に囲まれております」

遊佐就家《ひろいえ》が、襖《ふすま》を開けて言上《ごんじょう》した。就家は、国助の一族の者である。義夏は、内心、

（ついに来たか）

と思ったが、態度には出さず、口に加えていた懐紙《かいし》を外すと、

「そうか、おそらく弥三郎らの兵であろう。私はすぐに父上のもとに向かう」

とだけ言って、刀を鞘《さや》に仕舞い、立ちあがった。広間に来てみると、徳本は日中と同じ格好で、脇息にもたれていた。傍らには御膳《ごぜん》と酒杯《しゅはい》が置かれている。

「義夏か。弥三郎めが攻めてきたようじゃな。面白い。一捻《ひとひね》りにしてくれるわ」

酔いに任せて、威勢の良いことを口走る父に対し、義夏は、

「此度は、弥三郎と刃を交えてはいけません。弥三郎の軍勢のみならず、おそらく、細川や山名の軍兵も混じっておりましょう。我らに勝つ見込みはありません。時には退くことも肝要でございます」

「一戦もせずに退けと言うのか」

驚いて腰を浮かした徳本。

「左様です。幸い敵の軍勢は邸を囲むのみで、未だ矢を放っておりません。我らが仕掛けぬ限りは、力攻めにはしないはず。無駄に兵を失うことを恐れているのでしょう。父の御命を奪うこともありますまい。弥三郎が狙うは、畠山宗家の家督のみ。その願いを叶えることができれば、それで良いのです」

義夏は、父が次にどのような反応を示すか、固唾《かたず》を呑んだ。

「それで、儂にどうせよと言うのだ」

浮かせた腰を下げた徳本に、義夏はほっとした。どうやら強硬に主戦論を唱えることはないようだ。

「はい、父上には、どこかの寺に隠居して頂きます。おそらく、敵もそう言ってくるでしょう」

「ふーむ」

徳本は暫く、腕を組み考えていたが、

「相分かった。寺に籠ろう。それで、お前はどうする」

義夏の眼を見据えて聞いた。

「敵はそれがしの命は狙っているはず。どこかに落ち延びます」

「そうか」

徳本はポツリと呟くと、傍らにあった盃《さかずき》に酒を注ぎ、それを前に突き出した。義夏に飲めというのだ。義夏は黙って盃を受け取ると、一気に酒を飲み干した。

「それでは父上、ご無事で」

義夏は、立ち上がり、広間から退出した。甲冑を着た家臣が右往左往する廊下では、遊佐国助と会った。

「若殿、ご無事で」

「おう、無事じゃ。俺は母上と会ってから、他国へ落ち延びる。そなたも付いて参れ」

「はい」

奥の間に進む義夏に付き従う国助。土用の居室《きょしつ》に入ってみると、侍女《じじょ》たちが土用を守るようにして、周りを取り囲んでいる。気丈に振る舞おうとしつつも、体の震えを隠せない侍女もいた。身の振り方を説いた義夏に土用は、

「分かりました。くれぐれも体に気を付けるのですよ。何よりもお命を大事に。いつかは必ず都に帰ってくるのですよ」

力強く励ましたので、

「はい、必ずや、都に。母上もお達者で」

義夏も語調を強めて、それに応じる。

「そうじゃ、もし良ければこれを」

土用は、手に持っていた水色の被衣《かつぎ》を義夏に渡した。邸を出る時、敵に顔がばれぬように

との、母の思いやりだろう。

「有り難うございます。ではこれにて」

義夏は、被衣を被り、部屋を出た。

「若殿、こちらに」

国助は義夏を小さな裏門に案内した。裏門にたどり着いたところで、

「それがしも、お供仕る《ともつかまつ》」

松明を持った甚内が木の上から、声をかけてきた。

「どこも蟻のはい出る隙間もありません。それがしが敵の目をひきつけておる間に、若殿と遊佐様は、馬にてお逃げください」

木から降りてきた甚内は、二人に告げると、木に繋いであった二頭の馬を指示した。

「そなたがいれば、心強いの」

義夏は、馬に乗ってから、再び被衣を着た。

「なかなかお似合いで」

国助が笑いながら言ったので、

「このような時に、戯《たわむ》れを申すな」

義夏は苦笑して、馬腹《ばふく》を蹴った。と同時に甚内によって、門が開けられた。裏門を固める軍兵の眼が一斉に、義夏に向けられたが、その時、甚内が黒い丸薬《がんやく》のようなものを懐から取り出し、松明の火につけて、敵兵に放り投げると、もくもくと煙が立ち込め、辺りが見えなくなってしまった。義夏と国助は、甚内の手助けによって、難なく敵中を突破し、都大路《みやこおおじ》を駆け抜けた。義夏は一時、国助の邸に入るも、すぐに見つかると思い、邸に火を放ち、都を脱出した。

＊

「火矢《ひや》は射込むなよ。義夏の首さえとれば良い。他に構うな。義夏の首はまだか」

馬上、浅葱威《あさぎおどし》の胴丸具足《どうまるぐそく》を身に付けた弥三郎は、普段の彼に似ず、激した調子で辺りに喚いた。

「未だ見つかっておりません」

国宗の子・神保長誠は、吊り上がった眉をひくひくさせながら、答えると、

「草の根分けても、探し出せ」

と兵卒に命じた。するとその時、表門から、坊主頭の男が一人、家来も連れず現れた。兵卒の槍の穂先《ほさき》が、男の頭から足にかけて向けられた。

「そなたらに用はない」

坊主頭は大喝すると、兵卒は迫力に負けて、一歩後ずさりした。

「おぉ、弥三郎殿。お久しぶりでござる」

男は、弥三郎の顔を見ると、近くに歩み寄ろうとした。

「徳本入道殿」

弥三郎は、男の顔を見て呟くと、馬を徳本のもとに進めた。

「義夏殿は何処に」

「分らぬ。煙のように消えてしもうたわ」

「隠し立てすると、御身のためになりませんぞ」

「隠してなどしておらん。まことに知らぬ。それよりこの騒々しさは何じゃ」

徳本が他人事のように言ったので、

「神保備中守の恨みを晴らしに参った」

低く噛みしめるように、弥三郎は答えた。

「神保備中守国宗には、遊佐国助と同じく、重用し、偏忌《へんき》まで与えてやったのに、謀叛を起こそうとするから、あのような末路であった。ところで、そなた、儂を殺めるのか」

「いや、坊主首などいらぬ。隠居して頂く」

「はは」

「何が可笑しいのです」

「いや、ちょうど良いと思ってな。政道《せいどう》にも飽きてきたところ、寺にでも入ってゆるりとしたい。お礼申し上げる」

徳本の人を喰った態度に、弥三郎は青筋を立てたが、怒鳴り散らすことはせず、

「丁重に、寺にお連れせよ」

押し殺すような声で、長誠に命令した。徳本は、土用とともに建仁寺西来院《けんにんじさいらいいん》にて隠居暮らしを送ることになった。義夏の首は、探せど探せど弥三郎の手に落ちることはなかった。

＊

弥三郎が畠山宗家の家督を継いだとの噂が風のように、都から離れた所にも伝わってきた。

徳本は隠居し、寺に引き籠っているらしい。義夏贔屓《びいき》の将軍・足利義政は、弥三郎のクーデターに怒り、弥三郎一党を匿《かくま》った細川勝元の被官・磯谷に切腹を命じ、

「山名持豊を討つ」

とも公言しているようだ。最も、義政が山名を討つというのは、持豊が弥三郎を支持していることだけではなく、播磨国の元守護・赤松氏の出仕《しゅっし》をめぐり、義政と持豊の間に亀裂が走っていることが大きいとのこと。赤松氏は山名氏にとっては、宿敵。その宿敵が復活してくることを許せない持豊の想いもよく分る。甚内から都の情勢を直接聞いた義夏が一番に感じたことは、

(公方様《くぼう》は、我が味方じゃ。有難い)

ということであり、細眉毛で切れ長の目をした気品ある将軍の顔が義夏に思い出されて、思わず、都のほうを向いて、黙礼したほどだった。

義夏は、伊賀国《いがのくに》に潜んでいた。伊賀国は、畠山家の分国ではなかったが、甚内の出生地であり、彼の手引きで、有力国人・森田浄清《じょうせい》の邸に匿《かくま》われていたのだ。都を追われてから早、三ヶ月。肌寒い季節となったが、それまでに都から義夏を訪ねてくる家臣もいたし、書状を甚内に持たせる者もいた。何れも、

「我らいつでも若殿とともに出陣できますぞ」

「公方様は、若殿のお味方。機は熟しております」

など前向きなものばかりであった。いつしか義夏の心中にも、

(都に向けて攻め入るか)

との考えが芽生えて、根回しに余念がない。如何にして弥三郎を叩き出すか、その方策が固まり、実行に移せると判断した時、既に義夏は、甲冑姿であった。

「畠山の若殿。凛々しいお姿でございますな」

若武者振りを見て、感嘆の声をあげたのは、邸の主・森田浄清。素襖《すおう》の上に獣の毛皮をたすき掛けにした浄清は、

「是非、我らも都にお供しとうございます。鄙《ひな》の暮らしも飽きました」

太い腕を回しながら、義夏に迫った。

「それは有難い。浄清殿が加わって下されば、百人力、いや、千人力。頼りにしておるぞ」

「嬉しいお言葉じゃ」

浄清は豪快に笑いながら、出立《しゅったつ》までに備えがあると言って、席を蹴るようにして去っていった。出立の日が近付くにつれ、近隣から続々と人が集まってきた。大和国《やまとのくに》の国人で義夏

に心を寄せる者、浄清との繋がりで、義夏に加勢したいと申し出た者。そうした者どもを前に、義夏は出立の朝、白い息を吐きながら、こう言った。

「よくぞ、私に味方してくだされた。今から、大和国に入り、その後、河内国《かわちのくに》に向かう。河内は畠山家の領国である。そこで味方を募ったのち、一気に都に入る。公方様も私を推してくださっている。弥三郎の一党を追い落とすのは、造作《ぞうさ》もないことじゃ」

士気を高める義夏の言葉を聞いて、雄叫びをあげた武人《ぶじん》たちは、出立の合図とともに、我先にと駆けだした。

＊

義夏の行く手を遮る者は、誰もいなかった。その言葉通り、大和に進み、河内では軍兵を増やし、総勢六百騎の軍勢は、京の都に入った。十二月十三日のことである。義夏が真っ先に向かったのは、烏丸第《からすまるだい》――将軍・義政の居所《いどころ》であった。一人で、廊下を歩み、広間に向かった義夏は、久方《ひさかた》ぶりの義政との対面に、胸躍るものを感じていた。淡《あわ》い恋心に似たものといって良いかもしれない。

「義夏にございます。拝謁《はいえつ》を賜《たまわ》り、恐悦至極に存じます」

義夏は緊張からか、顔を上げることが、なかなかできなかった。

「義夏、どうした。顔を見せよ」

義政から声をかけられるまで、ひたすら顔を下げていた。

「はっ、公方様には、ひとかたならぬお力添えを頂き、何と御礼を申して良いか」

「私は何もしておらぬ。全て、そなたの力によって、今日、この場に立っておるのだ」

義夏は、義政の顔を見た。品の良い顔立ちは、そのままだが、少しやつれた風にも見えた。

義政が、

「山名持豊を討つ」

と宣言してから、都には、諸大名の軍勢が集まり、緊張が続いていた。細川勝元の取り成しによって、持豊は隠居し身をひくことになった。持豊は折れたのだ。これにより、持豊征伐は、沙汰《さた》止《や》みとなった。持豊は、十二月三日に家督を嫡男の教豊《のりとよ》に譲り、同六日、自らは但馬国《たじまのくに》に下向《げこう》した。ほんの七日ほど前までは、義政も憂鬱な日々を過ごしていたことだろう。

持豊は、名うての戦上手。開戦となれば、幕府にもそれ相応の損害を避けることはできなかったはずだ。

「都に戻って参ったこと、祝着じゃ。私はそなたこそ、畠山宗家の惣領《そうりょう》に相応しいと思うておる。家督として認めようぞ。これからも、私の側にいて力をかしてほしい」

義政は上座を立つと、下座にきて、義夏の両手を握った。

「もったいないお言葉」

義夏は口ごもると、感情が昂《たかぶ》ったのか、嗚咽《おえつ》をもらした。

「泣くでない、義夏。泣くでない。目出度《めでた》い日ではないか」

涙を止めようと念じても、なぜか涙が溢れ出てくる。義夏にとって初めての経験であった。

広間から退出した義夏は、涙を拭い、手勢《てぜい》の前に姿を現して言った。

「公方様は、私こそ畠山宗家を継ぐに相応しいと仰せになられた。これより、弥三郎を討つ」

兵たちは槍を高く掲げ、歓喜の声を振り絞った。義夏はそれを見届けると、側にいた森田浄清に向かい何事かを囁いた。聞き終わると浄清は、どこかに向かい駆けだした。

＊

万里小路の畠山邸の主となった弥三郎は、深刻な顔で、忍びの木猿《きさる》の話を聞いていたが、その途中にも関わらず、

「では、公方様が義夏を家督にされると申したのじゃな」

と口を挟んだ。

「はい、屋根裏に潜んでいましたところ、確かにそう申されました。はい」

木猿は、その名の通り、猿のように赤い顔をして、皺だらけの手を揉んだ。弥三郎は、苦い顔をして天井を睨んだ。

「義夏の軍勢には、数多の伊賀者《いがもの》も紛れ込んでおるようです」

木猿は弥三郎と共に、上を見上げた時、カッと目を見開くと、鞘《さや》から脇差《わきざし》を抜き放ち、天井に投げつけた。天井板を貫いた脇差からは、鮮血の雫《しずく》が垂れてきた。弥三郎は、目を剥いて、腰を浮かした。

「殿、この邸にも、伊賀者が忍び込んできたようです。ここは、一先ずお逃げなされよ」

「一戦もせずに、ここを立ち去れというのか」

「はい、それがしは甲賀者《こうがもの》ですが、伊賀者の恐ろしさは、餓鬼の頃より聞いてきましたので、はい。ですから、それがしの一派は別にして、大半の甲賀者は、伊賀とは仲睦《なかむつ》まじくしてい

ます」

後の話になるが、文亀《ぶんき》二年（一五〇二）、京都愛宕山《あたごやま》の山伏《やまぶし》が伊賀国に攻め入った時などは、四百人ばかりの愛宕勢を、伊賀者が襲い、一夜のうちに悉く《ことごと》討ち取ってしまったという。

「一戦に及ばず、悉く《ことごと》これを討ち取る」という神業《かみわざ》とも言うべき、凄まじさであった。

木猿が脇差を鞘にしまった時には、すでに外から男どもの悲鳴か怒号ともとれる声が、あちこちから湧き上がってきていた。

「さ、殿、今のうちに、こちらへ」

障子を、木猿が両手で開くと、そこには黒い覆面をした忍びの連中が、弥三郎の家臣らに刃を突き立てたり、首を掻いている様が繰り広げられていた。

木猿は、弥三郎の手を取ると、厩《うまや》のほうに引っ張っていき、馬に乗せようとした。

「それがしの生れ故郷。甲賀に案内します」

「無念じゃ」

弥三郎は馬に一鞭《ひとむち》当てると、木猿と共に、邸から姿を消した。地獄の底から逃げ出したような顔をして、幾人かの家の者が弥三郎の後に続いた。次郎もその中に混じっていた。

第三章

二人の次郎

弥三郎を都から追った義夏は、享徳《きょうとく》四年(一四五五)二月、名を義就《よしひろ》に改め、右衛門佐《うえもんのすけ》に叙任《じょにん》された。喜びの絶頂であるはずの義就だが、気がかりであったのは、父・徳本の体調であった。年明け前から、床に伏す日々が続き、先日などは薬師から、

「徳本入道様、もう長くはありませぬ」

と耳打ちされるほど病状が思わしくない。

「父上、お加減は如何ですか」

建仁寺を出て、万里小路の畠山邸の一室に横たわる徳本に対し、義就はいつもこの言葉をかけるのだった。体は痩せ衰え、目にも生気はないのは分かっているのだが。傍らの土用も案じ顔に、徳本を見つめている。

「おぉ」

細い片腕を布団から出すと、徳本は、

「儂も、もう長くはあるまい」

弱弱しい声で嘆息《たんそく》した。

「何を気弱な。父上らしくありませぬ。また、うるさい奴だ、下がれと叱ってほしいものです」

義就は慰めるように、徳本の手をとると、笑みを交えて言った。

「いや、己《おのれ》のことは己がよう分っている。長くはない。それより次郎、何度も言うが、儂の後継はそなたじゃ。畠山宗家を盛り立ててくれよ。弥三郎らには、くれぐれも用心せよ」

徳本は、なぜか近頃、義就を幼名《ようみょう》で呼ぶようになっていた。そして口を開けば、畠山家の将来を案じるのであった。

「はい、肝に銘じます」

「そう言えば、弥三郎の弟も次郎といったな。何度か見たことがあるが、彼奴《きゃつ》は、幼子《おさなご》のくせに、不敵《ふてき》な面構《つらがま》えをしておった。弥三郎に子ができねば、彼奴がその後を継ぐことになろう。恐ろしいことだ、弥三郎よりも手強い相手となろうぞ」

そこまで話すと、徳本は咳込んだ。

「無理をなさらず。ゆっくりお休みください」

義就は徳本の片手を布団に潜り込ませた。

「殿は、畠山家のことが案じられて、夜も眠れぬご様子。おいたわしい」

土用が哀しそうに呟いた。

「父上、ご案じなさるな。畠山家は、この義就がまとめてみせます」

義就は、威勢よく胸を叩いたが、徳本は目を閉じて、一言もなかった。土用を残して、義就は、退出した。その夜(三月二十六日)、徳本の容態は急変し、不帰《ふき》の人となった。享年五十八。

徳本の遺言通り、家督は義就が継ぐことになった。徳本は山城、河内、紀伊《きい》、越中国の守護であったので、その守護職も義就が継承した。その頃、河内や和泉《いずみ》、大和国では、義就と弥三郎双方の家臣が小競り合いを起こしていたが、何れも義就方が優勢であった。

*

将軍・足利義政の居所である烏丸第では、酒宴が催《もよお》されていた。義政の側には、黄地繍霰文《かにあられもん》の小袿《こうきち》を着た肉付きの良い女がいつも侍っている。義政の乳母・今参局《いままいりのつぼね》である。

義就の側には、直垂を着た公家・烏丸資任《すけとう》が、袖を口に当て、薄気味悪い笑い声をたてていた。義政は、幼少時から、母方の一族である資任の邸・烏丸第で育てられた。資任は育ての親とも言うべき存在であった。ちなみに、今参局と烏丸資任、そして今は亡き武将・有馬《ありま》持家《もちいえ》は、義政の威光で幕政に影響力を持ったことから、三魔《さんま》(おいま、からすま、ありま)と言われ、恐れられていた。

「右衛門佐殿(義就)の戦場でのお働き、まさに鬼神《きしん》のようじゃと皆が申しております」

今参局は、義政と義就の顔を交互に見つつ、手に持つ扇を握りしめた。

「うむ、先月の大和国への討ち入りで、弥三郎に味方する国人・成身院光宣《じょうしんいんこうせん》、筒井順永《つついじゅんえい》、箸尾宗信《はしおむねのぶ》らを追い落としたとのこと。往くところ敵なしじゃな」

義政は、今参局と共に頷き合った。

「いえ、それがしの功《こう》ではありません。公方様が、大和国に対し、弥三郎に与《くみ》しないことをお伝えになったこと、それが何よりの力になりましてございます。そのお陰で宇智郡《うちぐん》を領することができました」

義就は、盃《さかずき》を置き、義政に向かい礼を言った。

「どこまでも殊勝《しゅしょう》な奴じゃ」

義政は、盃の酒を飲み干すと、今参局が白磁徳利《はくじとっくり》で酒を注いだ。

「本日は、公方様にお礼の品を持って参りました」

義就が手を叩くと、配下の者が現れ、義政に捧げたのは、鉢植えの松であった。

「枝ぶりの良い、見事な五葉松《ごようまつ》じゃ」

立ちあがった義政は、早速に鉢を抱えて、松に魅入っている。

「お気に召してくださいましたか」

「おぉ」

とは言ったものの、義政の心はすでに、どこまでも松に没入していた。

「ようございましたな」

今参局は、童に言い聞かせるようにして、義政の体にすり寄った。義就は、義政の喜ぶ姿を見てから、帰途についた。

夜道を従者一人が持つ松明の火を頼りに、馬で歩む義就。その背後から、馬の蹄《ひづめ》の音が聞こえてきた。火に照らされた顔を見ると、色白の資任であった。

「如何なされた」

義就が驚いたように問うと、

「先ほどの、松が、松が瞬く間に枯れましてございます。公方様は落胆されておられますぞ」

資任は責めるような口調で答えた。

「何と。松が枯れたと。そんな事が」

資任の話が終わらぬうちに、義就はもと来た道を駆け戻っていた。再び、御前に参上し、

「松が枯れたとのこと。まことに申し訳ございません」

這《は》いつくばるように、平伏した。義政の両手に持たれている鉢上《はちうえ》には、確かに萎《しお》れた松が頼りなく、垂れていた。

「何じゃ、わざわざ詫《わ》びを言うために戻ってきたのか。詫びるには及ばぬ。このような事があるものかと、暫《しば》し我が眼を疑ったがな」

義就の頭に振ってきたのは、意外にも義政の陽気な声であった。

「急ぎ、別の松に取り替えまする」

「それには及ばぬ。今日は面白きものを見せてもらった」

義政はそう言うと、今参局を連れて奥の間へと引き下がってしまった。残された義就の背

後からは、又しても資任の引きつったような笑い声が聞こえてきた。

＊

義就方と弥三郎方との争いは、大和国や河内国において、同地の国人を巻き込んで続いていた。弥三郎を推していた大和の国人・筒井順永らは、義就方の越智家栄《おちいえひで》に敗れて以来、浪人の身となり、細川勝元の扶持《ふち》でどうにか生き延びている有様であった。

劣勢にありながらも、弥三郎派の大和の国人は、度々、義就方に攻撃をしかけることもあり、義就は都から援軍を遣わすこともあった。そうしたなか、義就は、将軍義政から、突如、烏丸第に参上するよう呼び出しを受けた。入り慣れた広間で義就が待っていると、義政が現れ、いつにない強い口調でこう言った。

「大和国へ家臣を遣《つか》わしたそうじゃが、それを儂の命だと申しておると聞いたぞ」

何のことか分らず、戸惑っていた義就、

「上意《じょうい》と偽って我が家臣を遣わしたことなどありませぬ」

と主張するのが精一杯であった。

「それればかりではない。そなたに味方する国人の越智は、他領を横領し、非儀《ひぎ》の限りを尽くしているとのこと。争いのもとになっておる」

「上意の件についてはは存じませぬが、越智の横領については、それがしにも報《しらせ》は入っております。横領は罷《まか》りならぬと再三、厳命したのですが」

「右京大夫《うきょうのだいぶ》（細川勝元）の所領である山城の木津《きづ》にも、上意と称して討ち入ったと聞いておるぞ」

「上意のこと、覚えありません。一体、誰がそのようなことを」

「右京大夫じゃ」

義政の答えを聞いて、義就はすぐに勘付いた。

「上意のこと、右京大夫様の謀《はかりごと》でございます」

「何と。他の者に責《せき》をなすりつけるのか」

「さにあらず。右京大夫様は弥三郎の家臣を匿《かくま》い、養っております。上意のことは、それがしを陥れ、弥三郎を復《ふく》させるための策にございます」

「証拠はあるのか」

「それは」

義就は言い淀《よど》んだ。

「無いのであろう。儂の寵《ちょう》を良いことに増長しよって。もうよい、下がれ」

「公方様、これは右京大夫の謀にございます」

「まだ言うか。下がれ」

義政は手に持った扇を、突き付けて叫んだ。義就はそれ以上は何も言わず、黙って引き下がった。義就が下がってから、暫くして義政の前に伺候《しこう》したのは、細川勝元であった。

「公方様、昨年より申し上げてきたこと、如何でござりましょう」

「弥三郎の赦免のことか」

「左様です。弥三郎殿のみならず、大和国人・筒井順永らも国に帰れるよう、取り計らいのほどを。でなければ、右衛門佐のよいようにされてしまいますぞ。何れは弥三郎殿に家督を」

「弥三郎を許そう。近習《きんじゅ》の伊勢《いせ》貞宗《さだむね》と、奉行人《ぶぎょうにん》の飯尾《いいお》為数《ためかず》から諸大名にその旨、伝達させよう」

義政の決断は素早かった。義政は、義就の勢力が拡大し過ぎるのも、幕政《ばくせい》を揺るがす恐れがあると考えていた。そこで、弥三郎を上手く利用し、両方の勢力が弱まることを狙っていたのだ。義政個人の好悪《こうお》で判断したというよりは、幕府の将軍としての立場からの決断であった。

長禄《ちょうろく》三年(一四五九)七月二十三日、弥三郎は赦免された。この年、義政は長年住み慣れた烏丸第から、父・義教がかつて住んでいた室町第《むろまちだい》(花の御所《ごしょ》)へと移り親政の強化をはかった。一月には、正室・日野富子《ひのとみこ》との間に子を授かっていたが、夭折《ようせつ》。夭折したのは、今参局の呪詛《じゅそ》によるとされ、権勢を誇ったかの女も、琵琶湖の沖島《おきしま》に流罪《るざい》となった。

弥三郎の恩赦によって、大和国の反義就派の国人は、力を得て、越智家栄を没落させた。

世の転変目まぐるしいなか、弥三郎らは入京した。軍勢のなかには、野盗《やとう》のような格好をした者も混じっており、夕日が沈むなかでの入京は、不気味であった。弥三郎の馬の真後ろには、十七歳になった弟の次郎が馬に乗り、進んでいる。

「止まれ」

行列の前のほうで、怒号と騒《ざわ》めきが起こった。

「畠山右衛門佐、弥三郎殿にご挨拶に参った」

義就のものと思われる大声が、その後に聞こえてきた。

「何っ」

「討ち取ってくれるわ」

気の早い連中は、もう義就に対し、槍や刀を向けているらしい。弥三郎は馬を飛ばし、前に出た。次郎も、その後に続いた。

「やめよ。大勢で討ち取ったとあっては、武人《ぶじん》の恥」

馬を走らせながら、弥三郎は喚いた。眼前に義就の姿が見えた。どうやら、一人で来ているようだ。

(大胆な奴)

「おう、弥三郎殿」

義就は、宿敵にまみえたとは、思えぬほど、余裕の笑みを浮かべていた。

「よう、ここに来れたものじゃや。しかも一人で。すぐさま討ち取られても文句は言えぬのに」

「それはこちらも同じこと。洛中《らくちゅう》に入る前に、我が軍勢が、そなたらを襲うこともできた」

「何用で参った」

「無事の入京を祝いにな」

「馬鹿にしておるのか」

怒鳴った弥三郎は、むせたのか、何度も咳をした。

「馬鹿になどしておらぬ。本心じゃ。敵対してきたとは言え、同族。どうじゃ、仲違《なかたが》いは止めて、手を結ぼうではないか」

「何を今さら。血迷ったことを。もう遅いわ。何人の手勢が死んだと思うておる」

「どうあっても、和議《わぎ》はせぬか」

弥三郎は、軽く咳をすると、小さく頷いた。

「弥三郎殿の後ろに控えているのは、次郎殿か。次郎殿はどう思う」

急な問いに、はっとしたようではあったが、次郎はすぐに、

「和議などあり得ぬ。死ぬまで戦うのみ」

若者らしく好戦的な言葉を吐いた。

（父上が言われていたように、不敵な面構えじゃ）

義就は心中で思うと、

「では、戦場で見《まみ》えようぞ」

弥三郎と次郎に向けて、声を発した。

「ここで、そなたを討つような卑怯なことはせぬ。戦場で決着をつけるのみ」

弥三郎も言ったので、義就は背を向けて、都大路《みやこおおじ》を馬で駆けていった。

弥三郎は入京を果たしたが、その二ヶ月後、病にて急逝《きゅうせい》する。流浪《るろう》の生活のなかで、労咳《ろうがい》を病んでいたのであろうか、死の間際には激しく咳をし、血を吐いた。血を吐きつつも、息も絶え絶えに、次郎や周りの重臣に向かい、

「わしは、長くはあるまい。義就をこの手で打ち破ること、最早、叶わぬ。次郎、そなたが義就を滅ぼすのだ。我が、最期の願い、叶えてくれ。どうじゃ」

何度も何度も繰り返すのであった。弥三郎は、病床から腰をあげ、ヨロヨロと手を差し出し、次郎の手を掴もうとした。次郎は弥三郎の問いには答えなかったが、代わりに、弥三郎の手をしっかりと握り、心の中で念じた。

(義就は、この俺が討つ)

次郎が手を握り締めると、弥三郎は安心したように、目を閉じ、再び病床に倒れ込んだ。

暫くして、弥三郎は死んだ。

弥三郎の後嗣《こうし》には、次郎が立つことになった。翌年の寛正《かんしょう》元年(一四六〇)九月、次郎は将軍・義政から「政」の字を与えられて、政長《まさなが》と名乗ることになる。

奈良・興福寺《こうふくじ》の僧は、弥三郎の死について書いた後、畠山家の内紛を「この相論《そうろん》、尽期《じんご》あるべからず。一天下乱《いってんかみだれ》たるべし」と嘆いている。

第四章

龍虎激突

長禄《ちょうろく》四年（一四六〇）、畠山の分国・紀伊国の粉河《こかわ》で、根来寺《ねごろじ》と円福寺《えんぷくじ》の間で、水利《すいり》をめぐる相論《そうろん》が起こった。義就は、相論を解決するため、軍勢を派遣したが、五月に、根来寺の僧兵と大戦《おおいくさ》となり、遊佐豊後守《ぶんごのかみ》、神保近江《おうみ》入道、木沢越中守はじめ討死《うちじに》せし者、七百余人という敗北を喫《きっ》した。

その年の九月十六日、足利義政の側近・伊勢貞親《さだちか》は、義就の重臣・遊佐弾正《だんじょう》と誉田三河《ほんだみかわの》守《かみ》を呼び出して、冷たくこう言い放った。

「上意によって、畠山右衛門佐義就の四ヶ国守護職《しゅごしょく》を召し上げる。家督も政国《まさくに》（義就の猶子《ゆうし》）に譲れとの御沙汰《ごさた》じゃ」

この言葉を聞いた時、重臣二人は氷のように固まったが、平静さを取り戻すと、

「何故にございますか」

「それだけは、平《ひら》にご容赦を」

何度も哀訴《あいそ》を繰り返したが、伊勢貞親は、朴念仁《ぼくねんじん》のように、

「上意でござる」

の一点張り、取り付く島もない。ついに諦めて、万里小路の畠山邸に戻り、事の顛末《てんまつ》を主の義就に告げるのだが、意外にも義就は、顔色も変えず、驚きもせずに、

「そうか」

と言ったきり、黙ってしまった。余りの落ち着き振りに、重臣二人も、

(この日が来るのを予期していたのか)

(余りのことに放心されたか)

と心を悩ましたが、その夜、義就が、

「河内に帰ろうぞ。備えよ」

と重臣一同に打ち明けた時には、

(やはり、殿はこうした時が来るのが分かっておられたのだ)

得心《とくしん》したものだった。

「我らが河内に奔《はし》ったと聞けば、幕府は必ず、追討軍《ついとうぐん》を差し向けてくる」

義就は、重臣の前で、今後の展望を語った。

「幕軍など何程のものか」

「蹴散《けち》らしてくれるわ」

意気盛んな家臣を見つめ、満足気に頷く義就は、

「儂は余りにも公方様を敬い、信じ過ぎていたのかもしれぬ。しかし、此度のことで、よう分った。公方様と言えど、同じ人。悩み迷いする同じ人であると。そして何より頼りにすべきは、そなたらであると」

迷妄《めいもう》から覚めた人のように、爽やかに言った。主従は結束を固めると、来るべき苦難の道に思いをはせた。

＊

九月二十日、義就は一族・家臣を引き連れて、洞ヶ峠《ほらがとうげ》を越え、先ずは守護所《しょ》がある若江《わかえ》城《じょう》(東大阪市)に入った。

幕府方の対応も早く、細川勝元や細川成春《しげはる》は摂津口《せっつぐち》を、細川常有《つねあり》・細川持常《もちつね》は和泉口《いずみぐち》、山

名是豊《これとよ》、興福寺衆徒《こうふくじしゅと》らは大和口《やまとぐち》、紀伊口《きいぐち》は幕府の奉行衆《ぶぎょうしゅう》・玉置氏《たまき》、山本氏らが固めることになった。そして、幕府軍の中には、畠山政長の軍勢もいた。蟻の這い出る隙もないほどの軍勢で、河内を包囲し、義就軍を殲滅《せんめつ》しようとしたのだ。

更に閏《うるう》九月には、朝廷より治罰《じばつ》の綸旨《りんじ》が出され、ここに義就は朝敵《ちょうてき》となった。十月、大和国では、畠山政長方に義就軍が敗れたため、戦線は徐々に縮小し、当時、義就が籠っていた嶽山城《だけやまじょう》(富田林市)を幕軍は囲むことになる。

嶽山城は、中腹《ちゅうふく》に龍泉寺《りゅうせんじ》があることから、別名を龍泉寺城とも言うが、鎌倉時代末期に名将・楠木正成《くすのきまさしげ》が築城したと伝わる。標高二七八メートルの山城《やまじろ》の南西には金胎寺城《こんたいじじょう》が、更に南西には烏帽子形城《えぼしがたじょう》が存在していた。数々の城があるなかで、義就はなぜ嶽山城に篭《こも》ることを選んだのか。不思議に思って、

「殿、何故、この城なのですか」

と尋ねる家臣もいた。すると、義就はニヤリと笑い、

「あれよ」

と石で出来た井戸を指さした。家臣が井戸の中をのぞくと、嶽山から湧き出てくる地下水が豊かに溜まっている。

「水がなければ戦もできまい」

義就は腕組みして、水の奇麗《きれい》さに驚く家臣を見つめている。豊富な水がコンコンと湧く小高い山、義就は地の利を活かして、幕軍と戦おうとしていた。国助から河内国の風土を聞き、義就は篭るなら、嶽山城であると即断した。

龍泉寺の言い伝えによると、この地の池には、かつて悪龍《あくりゅう》が住んでいたという。里人《さとびと》に害をなす龍を退治しようと、推古天皇二年(五九四)、寺を創建した蘇我馬子《そがのうまこ》が呪文を唱えると、龍は何処かに去った。しかし、その後、水が枯れてしまい、寺も里も難渋《なんじゅう》する。弘仁《こうにん》元年(八一〇)、弘法大師空海《こうぼうだいしくうかい》の祈祷《きとう》によって、再び龍が舞い戻ると、水に恵まれるようになったということだ。

「我らには、龍神《りゅうじん》が加勢してくださる」

義就が叫ぶと、いつの間にか、井戸の側に集まっていた多くの将兵は、

「有難い」「この戦、勝つ」

と口々に言い合い、士気は更に高まっていた。

山に霧が立ち込めて、寒さ厳しい十二月十八日、幕府軍による攻撃が開始されようとしていた。嶽山城は、城とはいっても豪壮《ごうそう》なものではなく、居館《きょかん》と、簡易な櫓《やぐら》、柵や堀、土塀《どべい》が

あるだけの簡素な造り。その櫓に登って、山下《さんか》を見つめるのは、義就。すぐ後ろには、遊佐国助が鋭い眼差しで、同じく霞《かすみ》が立ち込める山々を見ていた。義就は、鞭で山下を指して、

「見よ、敵の旗を」

と言った。それに対し、国助は、

「白旗、赤旗、錦旗《きんき》など色とりどり。霞の晴れ間から、美しいことで」

厳しい目付きには似合わぬ呑気な物言いをした。

「敵軍の動きが慌《あわ》ただしい。おそらく、今日明日にも攻めてこよう。備えを怠るな」

義就は、深山《しんざん》を吹き抜ける風を押し返すように気合を入れた。城は山の頂《いただき》にあり、登る道も狭く、山肌には苔《こけ》や草木が生えている。そう容易《たやす》く落とせる城ではないとの自信が、義就にはあった。敵軍の兜《かぶと》の星が、日の光に輝く頃になると、大地を揺るがすような鬨《とき》の声が聞こえてきた。

(いよいよ来るか)

身構えた義就であったが、その日は何もなく、十九日の朝を迎えた。南の方角は、朝霞《あさがすみ》が晴れていたが、義就方の将兵がそこを監視していると、紺唐綾縅《こんからあやおどし》の鎧を着て、鹿毛《かげ》の馬にまたがった武者が、ただ一騎で城のほうに向かってくるのが見えた。騎馬武者は、塀の側まで

近付くと、弓を杖にして

「大和国の筒井順永が臣・布施左京進《ふせさきょうしん》。我と思わん者は出て来い。我が手並《てな》みのほどをご覧なれ」

大音声《だいおんじょう》で呼ばわった。屍《しかばね》を戦場に晒《さら》すことのみを考えてきたとしか思われない大胆さに、城内の兵卒《へいそつ》は息をのんだ。大将首でもなし、下手に挑んで首を獲られては、馬鹿を見ると、多くの者は鳴《な》りをひそめて見ていたら、

「臆病極まる者どもかな。一矢《いっし》も射《い》てこぬとは。ならばこちらから、参ろうぞ」

布施左京進は、馬から降りると、塀の側に取り付いて、木戸《きど》を切り落とそうとする。これには、さすがに慌てた城内の兵は、櫓の上から雨の如く矢を降らした。矢は左京進に羽毛のように刺さり、ついには絶命する。

「やったぞ」

「思い知ったか」

左京進の骸《むくろ》を前に、気勢《きせい》をあげる兵たち。しかし、視線を山下に移せば、軍旗が数多《あまた》風《かぜ》にたなびき、槍の刃が陽に照らされ、楯を持って攻め上ってくる敵兵の姿が、どこにいる将兵にも映じた。その数は、数千はいるだろうか。中腹に陣地を築き、徐々に攻めるのではなく、

一気に駆けあがってくる。

（小城であると侮《あなど》っているな）

義就は、敵軍の様を見ながら、予《かね》てから自軍の将兵に伝えていた策をそのまま実行に移すことにした。多くの敵の軍勢が、木戸口辺りまで押し寄せても、静まりかえっている城内。すると突然、高櫓《たかやぐら》から巨岩《きょがん》、大石《おおいし》が次々と投げ落とされたのだ。敵が怯《ひる》んだところに、矢が射かけられたので、敵兵らは坂や崖に転げ落ちるやら、逃げ惑うやらして壊乱《かいらん》した。

それにも懲りずに、北畠《きたばたけ》氏や長野氏らの軍兵は、毎日のように攻め上ってきて追い落とされたが、特に目立ったのが、山名宗全の次男・是豊が軍勢であり、七度攻めのぼり、七度とも撃退されている。

「それ、一気に打ち落とせ」

時には義就自ら、手に刀を取り、弓矢飛び交う、乱戦のただ中に斬り込むこともあった。危うく弓矢の餌食にされかけた事もあったが、臆することなく、刀を振るった。義就自ら打って出ると、味方の士気も上がり、瞬く間に敵を追い払うのだった。

木の梢《こずえ》に旗を結び、大軍が籠っているように、見せかける古典的な手法を用いると、敵の攻勢が落ち着くこともあったが、鳥が驚く様を見せないことを敵に怪しまれて、一時しのぎ

に終わった。畳みかけるように続く、敵の攻撃に、

「もはや、これまで」

と思うこと頻《しき》りではあるが、寛正三年(一四六二)五月に金胎寺城が落ちたのみで、嶽山城は踏ん張っていた。敵軍の中には、かつて義就に付いていた越智家栄もいたが、本心からの投降ではなく、未だ義就と気脈を通じていた。


幕府軍は、諸大名や国人の混成軍であり、烏合の衆というのは言い過ぎとしても、脆《もろ》い面があった。更に当時は、寛正の大飢饉の最中であり、京には大量の流民《るみん》が入り込み、飢饉と疫病によって、寛正《かんしょう》二年(一四六一)の最初の二ヶ月だけで八万二千もの死者が出たという。こうした惨事にも関わらず、将軍・義政は花の御所の改築に夢中で、政《まつりごと》に関心を示さず、見かねた後花園《ごはなぞの》天皇の諫言《かんげん》をも聞き入れない有様であった。


大軍をいつまでも嶽山城に張り付けておくのは困難に思われたが、さしもの籠城戦も、寛正四年(一四六三)四月十五日に終わりを迎えることとなった。自軍の将兵の疲労困憊《こんぱい》を目にした義就は、

(落城は時間の問題)

と判断。将兵の前で、

「そなたらの働きは、我が誇りじゃ。籠城は今日にて終わりにする。今より吉野に参ろうぞ」

褒め称えたうえで、夜陰《やいん》に乗じて、三十人ほどで吉野に落ち延びていった。敵中突破の際には、さすがの義就も、この小勢《こぜい》ではと観念し、切腹して果てようとした。が、そこに見知らぬ土豪《どごう》が走り寄ってきて、

「それがしに殿の甲《かぶと》を。敵を引き付けておきますので、その隙に」

と申し出てきたではないか。義就はその土豪の顔を知らず、初めてみた。敵の喚声が近付いている。親しく言葉を交わす余裕もない。義就は甲を脱ぎ、

「すまぬ」

とだけ言うと、その土豪に甲を渡した。

「有難き幸せ」

土豪は、目礼すると足早にその場を去った。義就もすぐさま馬に鞭を当てた。暫くすると、

「我こそは、畠山右衛門佐なり」

との怒号が響いてきた。後から聞くと、その土豪は、岩狭《いわさ》二郎なる者であった。岩狭や、遊佐の家臣・中村左近将監《さこんのしょうげん》らの奮闘と討ち死にもあり、敵の目は義就から逸れた。義就は

苦境を脱することができた。長きにわたる籠城戦は、君臣の絆を深めていた。

義就の二年以上にわたる奮闘は、敵方《てきがた》の心まで動かしたようで、山名宗全などは、義就のことを、

「弓矢取りて、当代の比類なし」

涙を流して周囲に語ったと言われる。

*

高野山そして吉野の山中に逃れていた義就であったが、寛正四年十一月、足利義政によって赦免された。八月に義政の母・日野重子《しげこ》が死去したことによる大赦《たいしゃ》と言うが、実際は義就の実力を見た義政が、

(こやつは、また使える)

と政治の面から判断したことが大きいのではないか。畠山政長は順調に出世し、翌年(一四六四)には、細川勝元から管領職を譲られていた。義就は、政長の出世を指をくわえて見ていた訳ではなく、

（いつかはこの俺が）

との想いで、着々と備えていた。義就の奮戦に感激した山名宗全への接近もそうである。宗全も勝元とは赤松家再興をめぐり、関係が険悪化していたので、義就と結ぶことに前向きであった。二人の接近の仲介をしたのは、大和の国人・古市兵庫助《ふるいちひょうごのすけ》であった。

その頃、京の都も、足利義政の後継者問題をめぐり、きな臭くなっていた。義政と妻の日野富子の間には、なかなか男子が生まれなかったので、義政は出家していた弟の足利義視《よしみ》を還俗《げんぞく》させて、後継者となした。ところが、寛正六年（一四六五）十一月、富子が男子—後の義尚《よしひさ》—を生んだことから、富子は義尚の将軍就任を望み、富子の兄の日野勝光《かつみつ》や義尚の乳父《めのと》で政所執事《まんどころのしつじ》の伊勢貞親《さだちか》も、富子の考えに与《くみ》していた。義政は義視に継がせた後に、義尚を将軍にと考えていたが、伊勢貞親は義尚の将軍就任に執心《しゅうしん》し、義政に対し、

「義視様が宗全入道や斯波義廉《しばよしかど》と結び、公方様を討とうとしております。義視様を討つべきです」

と讒言《ざんげん》する。身に危険を感じた義視は、細川勝元邸に逃げ込み、

「貞親が兄上に讒言し、私を殺そうとしている」

怯《おび》えながら訴えた。貞親に偽りを言われた宗全は怒り、軍勢を京に入れ圧力をかけた。

勝元は、宗全とは対立していたが、この時は、共に、義視の無実を主張し、貞親を処分するよう義政に求めた。これによって、貞親は罪に問われ、近江国《おうみのくに》に逃れた。同時に、貞親派と目される諸大名、赤松政則《あかまつまさのり》や斯波義敏《よしとし》も失脚し、京を離れた。

文正《ぶんしょう》元年(一四六六)九月六日に起きたこの政変《せいへん》を「文正の政変」と言うが、これによって、側近を追われた義政の力は弱まり、宗全と勝元の存在感が更に増して、共通の敵がいなくなった両雄《りょうゆう》の対立が激化していくのである。

*

寛正六年(一四六五)八月、義就は吉野を出で、奈良盆地に進出した。義就に心を寄せる大和国人・古市胤栄《たねひで》や越智家栄の助力のお陰もあり、翌年の八月二十五日には、壺坂寺《つぼさかでら》(奈良県高市郡)に陣を置き、九月に入ると河内に攻め入り、政長方の諸城を攻略する。十二月二十四日、ついに上洛し、千本釈迦堂《せんぼんしゃかどう》(京都市上京区)に陣を置いた。ここまで、順調に事が運んだのは、宗全の助力もあったからと言われている。

京に入った義就が最初に訪れたのは、堀川通の山名宗全邸であった。

口髭と顎髭を蓄《たくわ》えた宗全は、自ら立って義就の手を取り、

「右衛門佐殿、儂はそなたの武勇に感激したのじゃ。二年もの籠城戦を耐え抜き、今日ではこうして都に舞い戻られた。並の者にはようできぬこと」

大きな口を開けて、豪快に笑いながら言った。

「それがしが、こうして、都に入れたのは、我が家臣の奮戦によるもの。それがしの功など鴻毛《こうもう》の如きものでございます」

義就は平伏しながら、本心を語った。

「ますます気に入った。右衛門佐殿は、良き主じゃ。管領殿《かんれいどの》(政長)は陰険な感じがして、儂は好かぬ」

宗全は、坊主頭を撫でつつ言うと、

「公方様にお会いなされよ」

急に真顔になり、続けた。義就は、

「はい、年明け早々にはお会いしたいと思うております」

上意の件で詰問された事を思い出しつつ、義政と会うことを決めた。

＊

鴨川《かもがわ》の水を引き、庭園に花が多く植えられたことから「花の御所」と呼ばれた室町第。餓死する者が巷に溢れている都のなかで、そこだけはまるで別世界のようだ。

「義就、久しいの」

文正二年(一四六七)正月二日――三月には応仁と改元されるのだが、庭に植えられた松を眺めながら、義政は参上した義就に笑顔で声をかけた。その声には遺恨《いこん》などなく、かつて義就を追い詰め、追い落としたようには見えない。

(よく笑みを浮かべられるものだ)

義就は、義政の態度に呆れながら、

「お久しゅうございます」

頭を下げた。

「そなた、いくつになった」

「二十九になりました」

「時の流れとは、早いものよ。子はあるのか」

「いえ、独り身でございます。よって、能登《のと》守護・畠山義有《よしあり》殿の子・政国を猶子《ゆうし》としていま す」

「なに、独り身か。気儘《きまま》で良いの。縁談はないのか」

「はい。それより、公方様。畠山の家督、再びそれがしが継ぎまする」

「好きなようにするが良い。政争には飽いたわ」

「では、政長の管領職をお解きくださ い」

「分かった」

「御礼申し上げます」

その後、義就と義政は、酒を酌み交わし、五日には義就、義政、義視が山名宗全邸で正月を寿《ことほ》いだ。八日、義政は、政長に対し、

「管領職を解く。畠山邸を義就に明け渡すように」

と命じ、新管領を斯波義廉(宗全方)とした。

＊

万里小路の畠山邸には、将軍からの使者が来て、

「左衛門督《かみ》(政長)の管領職を解く。畠山邸を義就に明け渡すように」

政長に告げていた。政長は、この時、二十四歳。元来、血気盛んな質《たち》であるが、突然の解任の報せに、打ち震え、今にも使者を叩き斬りそうな眼をしている。

「何故にございますか。公方様に忠勤《ちゅうきん》を励んできた政長に対するこの仕打ち。我慢がなりません。この邸を義就に明け渡すことは、断じてありませぬ」

怒鳴り散らした政長に、びくついた使者ではあったが、

「これは、公方様の御意思である」

一方的に述べると、退出していった。正月八日、政長は管領を罷免《ひめん》、代わって義就が越中・河内・紀伊の守護を安堵《あんど》され、幕府に出仕することになった。

「長誠」

政長は、鬼のような形相《ぎょうそう》で、執事の神保長誠(国宗の子)を振り返ると、

「邸に櫓と垣《かき》を作っておけ」

戦の備えをするように命じた。宗全や義就に取り込まれたかに見える義政であったが、一方では、幕府の政所執事代《まんどころしつじだい》・斎藤親基《ちかもと》を細川勝元のもとに使いさせ、

「政長に助力するように」

密かに伝えている。しかし、政長としては、管領職を取り上げられた挙句、家督を義就に奪われたとあっては、立つ瀬がない。進退窮《きわ》まって、ついに正月十七日、邸に火をかけ、その夜、上御霊《かみごりょう》神社(京都市上京区)に陣をおいた。義就のものになるよりはと、邸を灰にしたのである。都から出て行かず、留まったのは、今こそ武力で持って、義就と正面から戦おうという政長の想いからであった。

古木鬱蒼《こぼくうっそう》たる御霊の森に立つ上御霊神社は、崇道《すどう》天皇(早良親王《さわらしんのう》)、伊予《いよ》親王、橘逸勢《たちばなのはやなり》、藤原夫人《ふじわらのぶにん》など政争に巻き込まれて無念の死を遂げた人々の怨霊《おんりょう》を慰めるために、九世紀後半に創建されたお社《やしろ》である。鳥居をくぐり、拝殿《はいでん》にて参拝した政長は、

「全軍に伝えよ、義就方の襲撃に備えよと」

長誠や遊佐長直ら重臣に令した。政長軍は、一族・家臣ら一千の他に、大和国の国人・筒井順宣《じゅんせん》の兵二千で構成された。政長の不穏な動きに対し、山名宗全は大いに驚き、

「政長の兵が、内裏《だいり》に乱入せんとも限らん。主上《しゅじょう》の御身が危ない。室町殿に行幸《ぎょうこう》頂くのが良かろう」

として、伝奏《てんそう》を通し、その旨を申し上げたので、後土御門《ごつちみかど》天皇と後花園上皇は、花の御所

に難を避けられたのだ。義就の動きも速かった。翌十八日の早天、被官三千騎と共に、上御霊神社に押し寄せたのだ。

「今こそ、長きにわたる一族同士の争いに、決着をつける時ぞ」

義就は、獅子吼《ししく》して重臣を奮い立たせた。御霊の森の南には、相国寺《しょうこくじ》の藪《やぶ》や大堀《おおほり》があり、西には川が流れているので、義就軍は北と東から攻め込んだ。寒さ厳しきなか、戦場には雪が舞う。雪は兵たちの目や口にも入り込む吹雪であった。義就方の遊佐河内守が、真っ先に駒を進めた。兵共は馬から降り、続々と先を争って攻めかかろうとしたが、愛宕山から吹き下ろす風雪凄まじく、進むべきか退くべきか迷うほどであった。その様を見ていた政長方の将兵らは、

「今こそ好機」

と矢をこれでもかと放ってくる。首や背に矢を受けて、倒れていく義就方の兵。遊佐の兵も六百人が、矢の餌食となった。藪の中から攻撃してくる政長方に、義就軍は苦戦する。だが、義就に退却の文字はなく、

「一層、奮励《ふんれい》せよ」

本陣から檄《げき》を飛ばした。楯や物具は敵の矢を防ぐに無益であった。それ程、政長方の攻撃

は激烈だった。矢が飛び交う中を、恐れもしないように、駆け抜ける騎馬武者がいた。

「まだ子供ではないか」

政長方の兵たちは、雪の間から見える武者の姿を垣間見て囁きあった。よく見ると、薄化粧にお歯黒をつけた十三・四歳頃の小児だ。小児は、袴《はかま》の裾《すそ》を高く上げ、金作《きんづく》りの小太刀《こだち》を抜いて、軍兵を馬で追い抜き、

「志ある者は出合いたまえ」

一騎打ちを呼びかけたが、誰も進み出る者なく、返ってきたのは、矢の嵐、あっという間に胸板を射通されて倒れてしまう。首を掻かれてなるものかと、小児の郎党と思われる者が、死骸を楯に乗せて退いていった。死んだ小児は、河内の国人・隅屋《すみや》二郎の子であった。隅屋二郎は、先年の嶽山城籠城戦の最中、義就の鷹《たか》が行方知れずになったのを探そうと、政長方の陣中にまで潜入し、ついに目的を果たした剛《ごう》の者。人々は、隅屋父子の忠勤を見て、

「子が父の業《わざ》を継ぐとは、このようなことを申すのか」

と目を濡《ぬ》らして、語り合ったという。

夕暮れになっても勝負はつかず、政長方は義就勢を押し返したが、どちらの兵も疲れきっていた。夜に入ると、両軍は交戦することなく、兵を休めた。方々で篝火《かがりび》が焚《た》かれ、幾分明

るくなった本陣で、義就は腕組みをして、思案していた。

（如何にして、政長を攻め滅ぼすか。政長軍の強さ、まるで怨霊が乗り移ったかのようじゃ）

さすがの義就も、脂汗《あぶらあせ》が滴る想いでいた。しかしそれは、政長も同じであった。義就勢を押し返したとは言え、将兵の疲労は目に見えてたまり、余力はなかった。政長は、神保長誠を細川勝元の執事・安富民部《やすとみみんぶ》の許《もと》に遣《つか》わして、こう言わせた。

「激戦にて、我らも疲れ切ってしまいました。我が殿と義就との戦に合力《ごうりき》することを禁ずる上意が公方様より出されましたので、細川様も苦しい御立場なのは分かります。しかしせめて、樽《たる》を一つ頂けないでしょうか。その樽にて、政長と最後の酒宴《しゅえん》を致し、その後、共に腹を切ろうと思っております」

長誠の言葉を聞いて、勝元は、

「此度の戦いで、政長殿が勝つのは難しかろう。なぜか。敵は公方様も今出川殿《いまでがわ》（足利義視）も、そして恐れ多くも、禁裏《きんり》様まで取り奉《たてまつ》っておる。この勝元が合力したとしても、これでは適《かな》うまい。政長殿に伝えてくだされ。此度は、自害したふりをして、社から退けと。後、敵が油断した隙をついて、公方様を取り奉り、一族を具《ぐ》して御所を守護し、宗全入道や義就を退治しようではないかと」

今後の見通しと戦術を授けた。長誠は、政長の許に馳《は》せ戻り、勝元の言葉と、勝元から頂《ちょう》戴《だい》した鏑《かぶら》を渡した。鏑は、矢の先端に付けるものであり、射ると音を鳴らして飛ぶ。合戦の初めの矢合わせに使われることから、勝元の真意としては、

（戦いは、これから始まるのだ）

といったところであろうか。鏑を受け取った政長は、

「敵の死体を集めよ」

兵卒に命じた。あちこちから、義就方の将兵の死体が、拝殿に集められた。続いて下った命令は、

「骸に火をつけよ」

であった。黒こげになっていく死体を眺める暇もなく、政長の軍勢は、相国寺の藪を通り、何処かに退いた。

「火じゃ」

「拝殿のほうから、火の手があがったぞ」

義就方の兵士が、お社の拝殿の方から上がった火を見て、ざわめいた。義就も床几から

立って、

「敵に乱れが生じたか。ならば今こそ、再び攻めかかれ」

突入を命じたので、

「皆殺しじゃ」

「余すことなく、討ちとるのだ」

将兵は喚《わめ》きながら、乱れ入った。ところが、風に煽られた火は思いのほか強く、いったん退く事態となった。火の勢いがおさまり、拝殿に向かってみると、焼けた死骸が積みあがっていた。

「この中に政長もいるかもしれぬ。探せ」

兵たちは死体を掻き分け掻き分け、敵の大将を探したが、政長らしき者は、ついに見つからなかった。

(政長め、逃げおおせたな)

義就は、咽《むせ》かえるような煙の臭いを嗅ぎながら、唇を噛みしめた。

第五章
天下大乱

窮地《きゅうち》に立つ畠山政長に助力しなかった細川勝元には、御霊《ごりょう》合戦の後、都人から辛辣《しんらつ》な批判が飛び交った。

「言う甲斐なきは、勝元の働きじゃ」

「うむ、危うきに至っては、助けるのが常であるのに、政長を見捨てるとは」

「昔も今も、このような話は聞いたことはない」

さざ波のように、勝元への悪口は広まり、ついには、

「ふる具足　五両(御霊)まてきて　尾張殿　細川きれを頼むはかなさ」

との落書が掲げられるまでになった。尾張殿とは、政長が従四位下《じゅしいのげ》尾張守だったことからくるのだが、それにしても、勝元は酷《ひど》い言われようである。

細川方が忍従《にんじゅう》を強いられているなか、山名方は、この世の春を謳歌するように、酒宴・猿《さる》

楽《がく》を催して日々を過ごした。三月三日には、山名宗全、その息《そく》・教豊《のりとよ》、斯波義廉、そして義就が、花の御所と今出川殿に参上し、御礼を申し上げた。花の御所から今出川殿までは、わずか三町だったので、皆、馬や乗物には乗らず、徒歩であった。その三千人とも言われる行列は美麗《びれい》であり、諸将《しょしょう》の太刀や刀は金銀で飾り立ててあったという。

堂々の行進の二ヶ月ほど前、つまり御霊合戦が終わって間もない頃、酒宴の席で、宗全が義就にほろ酔い気分で問うた。

「右衛門佐殿は、未だ嫁御《よめご》がおらんと聞くが、真か」

義就はこれまでも他の人から、何度も投げかけられた問いに、心中、うんざりしながらも、

「はい、流浪の日々も多く、その暇もございませなんだ」

つとめて笑顔で答えた。

「側室《そくしつ》は」

「おりませぬ」

「なんと。珍しきことじゃ。侍女の一人や二人、手籠《てご》めにして側女《そばめ》にしても良かろうものを。もしや、男子がお好きかな」

「いえ」

「であるならば、是非とも嫁を娶《めと》られよ。女子《おなご》は良いものぞ」

「いえ、それがしは」

「のう、良い娘御《むすめご》はおらんか」

義就の戸惑いを無視し、宗全は側にいた家臣に尋ねると、その男は、

「そう言えば、備後国の国人・金澤貞忠《かなざわさだただ》殿が、娘の婿《むこ》を探しておりましたな」

片目を上にあげて、思い出したように言った。備後国は、山名氏の分国である。この男も、備後国の者なのであろうか。

「婿を探していると。その娘は、無器量《ぶきりょう》なのか。それとも本性《ほんしょう》が悪いのか。歳はいくつか」

「いえ、そのような話は聞いたことはありません。確か今年で二十になるかと」

「それならば、良いではないか。なぜ片付いておらん」

「金澤殿は、娘を武勇の士に嫁がせたいと思うていると、小耳《こみみ》にはさんだことがあります。日《ひ》の本一《もといち》の武勇の士に」

「なんと。それならば、右衛門佐殿の他に誰がいようか。早速、話を進めてくれんか」

「承知いたしました」

あらかじめ、示し合わせたかのような、宗全とその家臣の一方的な会話に、

「それがし、嫁はいりませぬ」

義就が口を挟むこと度々であったが、宗全は聞く耳持たず、

「いやいや、右衛門佐殿、悪いようにはせん。嫁を貰いなされ」

しつこく言うので、さすがの義就も押し切られてしまった。縁談はあれよという間にまとまった。金澤貞忠は、

「勇武の誉れ高い畠山様が我が娘を。それは有難い」

と大喜び。二月下旬には、娘共々、上洛することとなったのだが、義就には気にかかることがあった。

「のう、国助。金澤殿は、丹波国《たんばのくに》を通り、都に入ると、書状で申していたであろう」

灰燼《かいじん》に帰した万里小路の邸を、再び作り直そうと、大工たちがあちこちで槌音《つちおと》を響かせているなか、急ごしらえの一室で、義就は遊佐国助に聞いた。

「はい、確かそう申しておりましたな」

国助が答えたので、

「丹波国と言えば、細川家の分国。まさかとは思うが、何か事が起こらんかと思うてな」

義就は、脇息にもたれながら、心配気に遠くを見た。

「金澤殿は、被官人も連れて参られるとのこと。ご案じめさるな」

近年、特に増えた白髪を抜きながら、国助は呑気そうに言う。

「何事もなければ良いが。念には念を入れて、甚内を護衛に遣わそうか。だが、それをすれば、金澤の者の面子《めんつ》もなかろうし」

国助の気楽な言葉を聞いて、義就の焦りは募るばかりであった。

*

二月中旬、義就のもとに、金澤氏が備後国を発《た》ったとの報せが届いた。結局、義就は、金澤氏に遠慮して甚内を遣わすことはなかった。気を揉む日々が続いたが、ある日、義就の耳に驚くべき報せが舞い込んできた。

「丹波国で金澤殿の一行が襲われ、その娘御が命を落とされた」

「襲うたのは、細川の手の者とのこと」

報せを聞いた義就の顔は、冬にも関わらず赤く染まり、憤怒《ふんど》の色が見え、今にも太刀をとって、駆けださんばかりであった。一言も発しないことが、烈《はげ》しい怒りを表していた。続

いて室に駆け入ってきた遊佐一族の就家が、

「申し上げます。山名様も此度の報を聞き、怒り心頭でございます。近く細川を攻めると、宗全入道様は申されました」

落ち着いた声音《こわね》で言上した時は、静かに頷いた。

「殿、細川邸を囲みましょうぞ」

「いざ、御下知《おげち》を」

口々に叫ぶ臣を前にしても沈黙を保つ義就、その姿は不気味でさえあった。とうとうその日は、何事もなく暮れた。翌朝になると、何やら細川邸も、武者の出入り激しく、物々しい雰囲気になっていると報せがきた。義就は、心中、

（そろそろ動くか）

考えていた矢先、国助がのっそりと室に来て、

「殿、先ほど甚内が吉報《きっぽう》をもって参りました。金澤殿も御寮人《ごりょうにん》もご無事。被官人に死人は出たものの、ご無事とのことです」

にんまりして言った。

「そうか」

義就は途端に憑《つ》きものがとれたような顔になり、障子を開けて、空を見上げた。十日ほど経って、金澤氏らは入京、同時に、門火《かどび》が焚かれた畠山邸に腰を下ろした。花嫁となる女性は、輿《こし》から出て、祝言《しゅうげん》の間に進む。奥の庭に面した祝言の間、その床の上座に座った花嫁。続いて、義就が現れ、式三献《しきさんこん》と呼ばれる酒式《しゅしき》が始まる。御膳が三つ置かれ、盃も三つ添えられている。酒を口に含んだ後は、親族は退出。夫婦のみで、雑煮《ぞうに》を食した。祝言は滞りなく終わった。

いよいよ床入りである。義就は白衣《びゃくえ》で、寝所に入ると、平伏している花嫁に対し、

「遠路はるばる御苦労であった。途上では、難儀があったと聞き案じたが、無事で何より。これから、内向きのこと、よろしく頼む」

優しい口ぶりで労《いた》わった。まだチラリとしか花嫁の顔は見ていない。花嫁は顔を下げたまま、

「金澤貞忠が娘・みかでございます。不束者《ふつつかもの》ではございますが、末永く宜しくお願い致します」

旅の疲れを感じさせないほど、力強く口上した。その後、顔を上げたので、義就はやっと新妻の顔を正面から見ることができた。花嫁も白衣を着ているが、肌の色は衣に負けないく

らい、透き通ったように白く、目はクルリとして愛らしい。

「うむ。そうじゃ、途上での細川の者どもからの襲撃。怖かったであろう」

義就は腕組みして言うと、

「いえ、私も武家《ぶけ》の娘でございます。死ぬ覚悟はいつでも出来ております。怖くはありませんでした。それより、傷付いたり、命を落とした家の者が哀れにございます」

可愛い顔に似つかわしくない、断固とした態度で、みかは義就を見つめた。

(この女子、相当、肝が据わっておる)

自らの身命《しんみょう》よりも、他者の身を案じる心も、義就は気に入った。義就は、みかの手を取ると、優しく寝床に招《しょう》じ入れた。営みの甲斐あって、二人の間には、翌年の応仁二年(一四六八)に第一子が、文明元年(一四六九)には、次男が誕生する。

義就は、何を思ったか、この長男に修羅《しゅら》という幼名をつけた。阿修羅《あしゅら》というのは戦いの神であり、修羅道《どう》は争いや怒りが絶え間ない世界のことを言う。よって修羅とは争うことを意味するのだが、いくら乱世とはいえ、我が子に凄まじい幼名を付けたものである。戦いの世を、雄々《おお》しく生き抜けという義就の想いが込められていたとしてもだ。次男は、幼名を次郎(のち基家《もといえ》、更に義豊《よしとよ》に改名)とした。

さて問題の修羅だが、義就の後継として嘱望《しょくぼう》されていたが、文明十五年(一四八三)、わずか十六歳で早世してしまう。弓術《きゅうじゅつ》や馬術《ばじゅつ》に優れ、中国古典にも親しみ、酒色《しゅしょく》にも溺れず、性格も温和に育っていただけに、義就やみかの嘆き悲しみは深いものがあった。

義就が妻を娶《めと》り子をなしたことは、更なる悲しみを生むことになる。義就の猶子となっていた政国は、養父の手足となってよく働いてきたが、修羅と次郎の誕生によって、気を重くしていた。

「父上(義就)は、私を何《いず》れ斥《しりぞ》けるのではないか」

そのような想いがムクムクと立ち昇ってきて、頭を占めた。酒の量も以前にもまして増えていた。一方の義就も、長男・次男と子ができたことによって、後継者に関して別の考えが生れてきた。

(儂の後を政国が継いだら、我が子が冷遇されるのでは)

政国に対し、疑いの心が生じ、側にいても親しく口も聞かなくなった。そのことがまた、政国の心にさざ波をたてる。

(私に対する父の眼差しが冷たい。まさか。父は、私を討とうと考えているのか)

根拠なき妄想が政国にとりつき、ついに彼は、

（一刻も早く、この場から逃げなければならない）

故郷の能登から連れてきていた側近数名と共に、深編笠《ふかあみがさ》を被り、京を抜け出した。能登国に逃げようとしたのだ。政国の逐電《ちくでん》を聞いた義就は、驚いた顔をしたものの、すぐに真顔に戻り、

「これは謀叛である。政国は、必ず成敗《せいばい》する」

周りの者に告げると、

「政国はおそらく能登に向かうであろうが、その際、越前《えちぜん》を通るはず。越前の朝倉《あさくら》殿に政国現れし時は、躊躇《ちゅうちょ》なく討つように頼んでおこう」

非情なまでの決断を下した。義就の予想通り、政国は越前に入った。そして、そこで朝倉孝景《たかかげ》の手の者によって、殺されたのであった。文明二年（一四七〇）のことである。生かしておいては、第二の持冨や弥三郎そして政長になりかねない。可哀そうではあるが、命を断ち切っておかないと、後々は義就やその子たちに害が及ぶ。身勝手であろうが、これが子を持った義就の理屈であった。

＊

宗全や義就がこの世の春を謳歌するなか、細川勝元は、一族で伯父の右馬頭入道《うまのかみ》(持賢《もちかた》)らと共に、連日、評定《ひょうじょう》を繰り返していた。

「去る正月、政長殿を見捨て、人々から恥辱を受けたことは、如何お思いか。いつか会稽《かいけい》の恥を雪《すす》がねばなりませんぞ」

持賢は、床を扇で叩いて、涙をこらえるようにして、勝元に問い詰めた。側にいた香河《かがわ》・安富・薬師寺《やくしじ》といった被官も、持賢に同調の意を見せ、頷いている。勝元は、その様を見て、

「当家は、今まで一度も公方の御敵となったことはない。儂の代で心ならずも御敵となってしまうのは口惜しいこと」

唇を噛みしめた。それとともに、内心では、伯父の持賢を、

(かつては、政長への合力を涙を流して止めおった癖に。今になって、加勢を勧めるとは、腰が定まらぬお方よ)

侮蔑《ぶべつ》の目で見ていた。内談を重ねた結果、塀を作り、堀をほり、敵の攻撃に備える用意をすることとなった。また、分国《ぶんこく》の兵を集め、斯波義敏や京極持清《きょうごくもちきよ》ら各国の大名にも書状を送り、連携を約《やく》した。行方をくらましていた政長とその臣・神保長誠や遊佐長直も、勝元のも

とに着到《ちゃくとう》を知らせた。

「よくぞ、来てくれた」

勝元は、満面の笑みで、政長を出迎える。政長は、少し痩せ、口にはうっすらと髭が生えていたが、気力を体内に充満させているといった感じで、

「必ずや、義就を討ちまする」

目を光らせて、宣言した。

「その心意気、あっぱれじゃ。尾張守殿こそ、真の武士」

口を極めて、勝元は政長をほめそやした。足利義政は、政長とその与党の捜索・逮捕を令しており、当時の政長の立場は謀叛人であった。苦境のなかにあって、勝元の支援は、一筋の光に等しかった。

一見、穏やかな日が続いているように見えたが、薄気味悪い足音は、徐々に人々の耳に響いてきていた。三月三日には、伯耆国《ほうきのくに》守護・山名教之《のりゆき》の家臣が、阿波国《あわのくに》守護の細川成之《しげゆき》の召使を殺す事件が起こり、月の終わり頃になると、周防《すおう》・長門《ながと》・豊前《ぶぜん》・筑前《ちくぜん》などを領する西国《さいごく》の雄《ゆう》・大内政弘《おおうちまさひろ》が、山名方として上洛してくるとの噂が都を駆け巡った。

四月には、山名軍が運び込もうとした兵糧《ひょうろう》を、丹波にて、細川軍が奪うという紛争が起こ

り、五月には、赤松政則が勝元の援助を受けて、宗全の領国・播磨に攻め入った。細川方の被官・池田充正《みつまさ》が野武士《のぶし》千人を引き連れ入京したときなどは、都人の不安をかきたて、家財道具を持って逃げだす者もいた。

逃げ出した者の直感は正しかった。五月二十六日、細川方の大和国の国人・成身院光宣が、花の御所の正面にあった一色義直《いっしきよしなお》（山名方）の砦《とりで》・正実坊《しょうじつぼう》に討ち入ったのである。義直は側近《そばちか》くの邸を、討ち入りの直前に抜け出し、宗全邸を頼った。光宣はこれ幸いと、一色邸を焼き討ちする。勝元は、かねてから練られていた攻勢が成功したのを見て、

「一色が退いたうえは、前々からの内談の通り、公方様を警固《けいご》しなければなるまい」

として、足利義視を御所に移し、自らも御所に乗り込んだ。将軍を細川方に取り込む目算《もくさん》であった。それに伴い、赤松政則・武田信賢《たけだのぶかた》・斯波義敏といった細川方の諸将や、薬師寺元長《もとなが》・安富盛長《もりなが》・香河元明《もとあき》など細川の被官が、兵を引き連れて布陣。

山名方も朝倉孝景《たかかげ》・斯波義廉・織田敏広《おだとしひろ》・土岐成頼《ときしげより》の兵が集まった。もちろん、その中には、義就の軍勢も控えていた。両軍の本陣の位置が、細川軍が東にあったので東軍、山名軍が西にあったので西軍と呼ばれるようになった。義就の軍勢は、宗全邸からもほど近い、花の坊《ぼう》に陣取っていた。四方からは太鼓の音と鬨の声がない交ぜになり、響き渡っている。細

川方は、御霊合戦の恥を雪ごうと必死になって、諸方一斉《しょほういっせい》に攻めかかってきた。

火矢が乱れ飛ぶなかで、義就は指揮していたが、細川持賢の攻めは凄まじく、退いたり押したりを重ねた。兵たちは、狂ったように刀を振り、敵味方が入り乱れて、錯乱した。火は燃え拡がり、寺や民家を焼き尽くし、辺りは炎と煙に満ち溢れる。そうしたなかでも、両軍はただ只管《ひたすら》、矢を射ち合い、刃を合わせ、殺戮《さつりく》を遂げるのであった。知恩寺《ちおんじ》や一条大宮《いちじょうおおみや》、二条《にじょう》などで行われた戦闘では、山名方は散々に負けた。負け戦のなかでも、歯を食いしばり、臆せずに戦いを挑む勇将の姿を義就は見た。

斯波義廉に仕える朝倉孝景は、敵に押しまくられた自軍の兵を激励するのみならず、自ら馬を降り、打ち物をとって、敵に斬りかかった。雑兵首《ぞうひょうくび》が、瞬く間に積みあがった。が、孝景一人の奮戦では如何《いかん》ともしがたく、ついに兵を退くのだが、その戦い振りは、見事とし か言い様がなく、義就を感激させた。宗全の陣に飛びいった義就は、

「朝倉殿の働きは比類のないものです。馬から飛び降り、刀をとって敵方を討ち取った様は美しき舞を見るようでした」

興奮収まらぬ声で宗全に告げる。

「それは見事な働き。感じ入る」

大いに喜んだ宗全は、具足と馬と太刀を孝景に与えることになる。

*

足利義政は、東西両軍に戦を止めるように呼び掛けることもあったが、細川勝元の圧迫によって、結局は山名追討を勝元に令した。東軍の総大将には、足利義視が就いたことで、東軍が一層、幕府を取り込んだ形となった。この時、政長も幕府より赦免され、河内や紀伊の守護職を再び拝命する。畠山本家の当主にも返り咲いた。不利に見える西軍であるが、朗報もあった。山名方として、大内政弘が水軍《すいぐん》と一万の兵を引き連れ、京に迫ってきたのだ。大内軍は八月下旬に入京する。軍勢は、他国の国人も合流し、三万に膨らんでいたという。

大内軍の入京と入れ替わるように、義視が突如、行方をくらまし、伊勢国に向かうという椿事《ちんじ》が起こる。義視の出奔《しゅっぽん》の理由は定かではないが、一説には西軍合流を図るためであると言われる。事実、義視は翌年の応仁二年(一四六八)十一月には、西軍に与している。それは後の話として、大内軍を得た西軍は士気上がり、ここで一気に細川方を追い払い、内裏をも押さえようとした。細川方に属する若狭守護武田信賢の弟・基綱《もとつな》が醍醐寺《だいごじ》の塔頭《たっちゅう》三宝院《さんぼういん》を押さえ、内裏を警固していたので、まずは三宝院を攻めることになった。義就や大内政弘、六角高頼《ろっかくたかより》の軍勢が三宝院に押し寄せると、基綱は剛の者だけあって、

「三宝院の門の片方の扉を開けよ。そこから入りし、敵を討つ」

と豪語し、卯《う》の刻(午前六時)から申《さる》の刻(午後五時)頃まで戦い戦い、十度以上も西軍を押し返した。その間に周りの兵は、次々と死傷し、基綱一人が奮戦しているような有様となった。基綱の打ち返しに、さすがの義就も舌を巻き、

「猛将とは基綱のような男を言うのであろう」

馬上から感心して、目を瞠《みは》った。そこに、

「殿、この源三《げんぞう》が基綱めを討ってご覧に入れましょう」

勢いよく片膝付いたのは、畠山家が守護を務める紀州《きしゅう》は熊野《くまの》の侍《さむらい》・野老《ところ》源三であった。

「そなた、熊野三山《さんざん》に隠れなき剛の者と聞いておるぞ。見事、基綱を討ち取って参れ」

義就は、軍配《ぐんばい》を振ったので、源三は野山を駆けるようにして、三宝院の扉まで行き、中に入った。源三が中に入ると、基綱と思しき甲冑姿の、無精髭を伸ばした男が、刀を脇に置き、盃で酒をあおっていた。源三に気付いたのか、基綱は盃を放り投げ、立ちあがる。周りには基綱の臣と思われる者数名ばかりがいたが、基綱は手出し無用と顔で知らせ、突っ立ったま

まだ。源三は、刀をからりと捨て、そのまま基綱のもとに寄って、両手を広げると組ついた。両者互角の力で絡みついていたが、隙をみて、基綱は飛びのき、

「悪しき振る舞いかな。我が太刀を受けてみよ」

言うが早いか、太刀を抜き力を込めて、振り下ろした。源三は、三枚重ねの鉄甲《てつかぶと》を被っていたが、甲は打ち破られ、目や口を切り裂かれて、血まみれになって死んだ。基綱は、牛が猛《たけ》り狂ったような声をあげ、そのまま何処にか去ったという。誰も追いかけて、基綱を討とうという者はいなかった。

三宝院は西軍の手に落ちた。いつしか三宝院から火が上がった。火は燃え拡がり、三宝院の東西にあった近衛《このえ》殿、鷹司《たかつかさ》殿、浄花院《じょうかいん》、西園寺《さいおんじ》殿、吉良《きら》、大舘《おおだて》といった公家や武家の邸が灰となった。妻子の手を引き、家財を背負い逃げ惑う人々の姿が、あちらこちらに溢れかえった。

九月一日の三宝院での戦いは、西軍は攻勢を強め、各所で東軍を駆逐もしくは牽制した。和平を望む将軍・義政は、同月八日、義就に対し、

「宗全とよく話し合い、それぞれの領国に帰れ。河内国は政長と二人で分けあうように」

との御内書《ごないしょ》(将軍の命令文書)を送ったが義就は、

「今さら、何を言うか」

歯牙《しが》にもかけなかった。

大内軍の入京を阻止するために、摂津国《せっつのくに》に向かい、敗走していた細川被官《ひかん》の秋庭元明《あきばもとあき》と、赤松政則(細川方)の重臣・浦上則宗《うらがみのりむね》は京に帰還していたが、西軍の力が強く、東軍本陣に入ることができず、岩倉山《いわくらやま》(南禅寺《なんぜんじ》裏山の東岩倉)に陣を布《し》いていた。兵は山の木を伐《き》り、篝火をたいたので、赤々と照らされた山並みが、京中から見ることができた。名もなき庶民にとっては、その火は戦を予感させる不吉なもの以外の何物でもなかったが。

西軍は、岩倉山を囲み、細川方を追い落とそうとした。まず、大内軍が南禅寺から攻め上《のぼ》った。細川方は、敵が四方から攻め来《きた》った時には、三井寺《みいでら》に逃れる算段であったが、一ヶ所からの攻撃であるのを見て取り、大石を投げ、矢を射て、大内の兵を谷底に突き落とした。

次には、山名軍が攻め上るが、巨石による攻撃で、大内軍と同じ運命を辿《たど》った。三番手は、遊佐国助である。国助は山科《やましな》から攻めかかるが、勢いにのる敵兵の木々や岩陰からの弓矢による攻撃に抗しきれず、山の紅葉を散らすように、退却した。それからも、朝倉孝景や甲斐常治《じょうち》の軍勢が攻撃を仕掛けるも、細川方の守りを崩すことはできず、諸軍は退いていった。それぞれの攻め口から、諸将が同時に攻めれば、陥落したであろうが、それをしなかったがための敗退であった。岩倉山の兵は勝鬨《かちどき》をあげた後、東軍の本陣に辿り着いた。

この戦いでは、南禅寺が炎上した。

しかし、未だ三宝院や内裏を占拠し、下京《しもぎょう》を制圧していた西軍が優勢であった。東軍は、花の御所や相国寺、細川勝元邸など上京《かみぎょう》に追い詰められていた。十月三日、西軍は更なる攻勢に出た。相国寺やその周辺に拠《よ》る東軍を撃滅しようとしたのだ。相国寺は、細川勝之や安富元綱、武田信賢らが守りを固めていた。

義就は朝倉孝景とともに、相国寺を攻め、激戦の末に武田軍を退却させた。

「寺に火をつけよ。焼き尽くせば、要害《ようがい》はなくなり、敵はひとたまりもあるまい」

義就は、寺に火を付けさせたので、相国寺は灰となった。東軍はいったん退いた。東軍の一大事に、細川勝元は、畠山政長に使者を遣わし呼び寄せ、

「大将として、相国寺にいる敵勢を打ち破ってくれまいか。もし同意してもらえたなら、軍中、第一の功名《こうみょう》は間違いない」

功名心をくすぐった。政長は思案に及ばずといった顔で、

「出陣は構いませぬ。ただ、御霊社での戦いの後、牢人《ろうにん》して、軍兵はわずか二千にも満たぬ数。敵は義就はじめ大内、一色、六角など多勢です。加勢をお願いしたい」

援軍を請《こ》うた。

「承知した。東條近江守《とうじょうおうみのかみ》を加勢として付けようぞ」

政長と東條は、花の御所の四足門《よつあしもん》から出陣した。政長、東條の軍勢は併せても僅《わず》かであったので、都人は、

「あの小勢でどうやって戦おうというのか」

憐《あわれ》みと好奇心の目で見て、囁きあった。兵たちもどこか自信なげであった。その様を見た政長は、突然、馬を止め、

「たとえ、敵が百万いようとも、必ずや突き崩してみせよう。きっとこの戦には勝つ。それがし一人でも打ち勝って見せる。皆、証人になってくれい」

大音声で、刀を鞘から抜き、士気を鼓舞した。政長の覚悟を見て、兵たちは、武者振るいする。黒革威《くろかわおどし》の腹巻に広袖《ひろそで》付けた政長は、行軍を続け、仏殿の跡が見えるところまで来た。東條には、

「東方から敵に横槍を入れよ」

と策を授けて、東河原に差し向けていた。馬を降り、長刀《なぎなた》を杖についた政長の目には、敵の軍勢七・八千の姿が飛び込んできた。

「山門《さんもん》の跡に見えるは、六角《ろっかく》、一色勢。そして、南の総門前の石橋に控えておるのは、義就の軍勢」

政長は、義就という言葉に力を込めると、鋭い眼を総門《そうもん》に向けた。その時、側に控えていた神保長誠が、

「この小勢で、大軍を破るのは容易ではありません。軍勢を散らさず、一丸となって攻めかかれば、敵はこちらが小勢と思い油断するはず。その時、一気に攻めれば、敵を切り崩せるでしょう。もし、大軍を前にして尻込みする者おれば、追い立てて進むのみ。我れらが千の軍勢が一つ枕に討死すれば、利を得られないということはありませぬ」

眉間に皺を寄せて、進言した。政長は、

「もっともである」

と神保の策を受け入れ、全軍に伝達した。政長軍は、楯を並べて、敵勢に突っ込んでいった。東からは、東條の軍勢が敵の横腹に食い込んだ。

「共に討死すべし」

政長は叫びながら、敵兵の首を続々に刺し貫いた。

「我が命、殿に捧げまする」

長誠も、刀を振るい、幾人もの敵兵を切り倒していた。

「殿を御守りするのじゃ」

士卒も大将を討たせまいと勇みたち、砂ぼこりが舞うなかを、敵めがけて突き進む。敵の首を一つでも多く獲ることが、政長を守ることに繋がるのである。政長軍の猛烈さに、西軍の葉武者《はむしゃ》は、いち早く後退、残って抵抗した六角高頼の軍勢は、七十人ほどが、討死。一色勢が入れ替わり戦おうとするも、六角兵の退却により、混乱する。

「敵じゃ」

と思い、矢を射れば、それは味方の六角勢。

「お味方でござるか」

と問えば、槍で突かれる有様で、瞬く間に一色勢は潰走《かいそう》した。政長は敵勢を突き破ったところで、東條近江守に再会する。

「畠山殿、ご無事であったか」

無事を喜ぶ東條に対し、

「我らは、六角方、一色方の首八百を挙げた。これでは不足だが、今日は堪忍致そう」

血に塗れた刀を肩に担ぎ、傲然《ごうぜん》として政長は言った。

義就は、総門の石橋に控えていたが、敵味方入り乱れての乱戦を見て、

「無念じゃ」

呟いたうえで、

「味方が槍を合わせているが、動きが乱れている。きっと負けるであろう」

側にいた遊佐国助の目を見ていった。国助は無言で頷いた。義就は一応、援軍を出したが、味方の崩れが余りに酷く、敗軍に巻き込まれて、身動きがとれずに終わった。相国寺を奪回した細川方ではあったが、しかし、そこを朝倉孝景が急襲したので、再び相国寺は西軍が占めることとなった。


相国寺やその周辺には、幾千もの死体が転がっていた。首のない亡骸《なきがら》も数多くあった。死臭を嗅ぎ、うろつく野犬や烏の姿も見られた。野犬は、人の手や足を噛み切り、口に咥えて徘徊した。

＊

西軍・東軍ともに損害が激しく、以降、相国寺合戦ほどの大規模な戦はなくなり、応仁の乱の戦いは、散発的で小規模なものとなるか、地方に拡散していくのである。

妻を娶ってからというもの、戦の日々で落ち着く暇がなかった義就ではあったが、暫《しば》しの休息の時には、妻みかとの歓談に時を忘れた。しかし、奥や寝所での歓談の中にも、戦の影が取り付いていていて、

「近頃、特に放火や物盗りが増えたと皆が申しております」

物騒な世相を、みかが義就に伝えることもあった。

「戦があれば、不埒《ふらち》な者が、ここかしこに現れるは、世の常《つね》じゃ」

「はい、その火付けや盗み、特に骨皮道賢《ほねかわどうけん》という者の所業《しょぎょう》のようでございますな」

「骨皮道賢…誰がそやつの所業だと申したのだ」

「冷泉《れいぜい》にございます。町の者の噂を耳にしたのでございましょう」

冷泉とは、みかの乳母であった。

「道賢の話は、儂も聞いたことはあるが、元々は侍所《さむらいどころ》所司代《しょしだい》の多賀豊後守《たがぶんごのかみ》に仕え、盗賊を追捕《ついぶ》しておった者。それが今では細川右京大夫からの金品に目を奪われ、細川方として、我が味方の軍勢を襲うたり、町中に火を付けたり、やりたい放題」

義就は、拳を握りしめて、怒りに震えた。感情が昂ってきたのだ。

「殿、此度の乱れは、恐れながら、殿と政長殿の確執によるものと、これも町中の専らの噂でございます。ここで、安寧《あんねい》を乱す賊を討ったとなれば、殿の評判もよくなるものと思いまするが」

「何っ。儂の評判は、それほど良くないのか」

「はい、希代の大悪人と町の者は、囁いているようです」

「大悪人か、嫌われたものよ。それにしても、そなたも、ずけずけと、儂によく物申すな」

義就は、笑みを含んだ顔で、満足気に言った。義就は、無口で遠慮がちな女性よりも、自らの考えを口に出す女性が好みであった。

「申し訳ありませぬ。ただ、このようにお優しい殿が、大悪人と言われるのが、口惜しいのです」

哀し気に俯《うつむ》くみかを義就は、いつものように、そっと抱き寄せた。

*

義就は己の評判などは気にかける質《たち》ではないが、西軍を攪乱《かくらん》する骨皮道賢を退治することには前向きであった。道賢は、かつて盗賊の追捕を行っていただけあって、采配《さいはい》もなかなかのもので、自身も腕もたつという噂だ。強い者と聞けば、血が滾《たぎ》るのが、武将の性《さが》であった。

義就は、

（いつかは道賢を始末してくれる）

とその機会を狙っていたのだが、それは案に相違して早くやって来た。応仁二年（一四六八）三月、伏見の稲荷山に籠る道賢を、義就のみならず、宗全、斯波義廉、朝倉孝景、大内政弘の軍勢で討ち滅ぼそうということになったのだ。

義就は、討伐に赴《おもむ》く前に、甚内に命じて、稲荷山《いなりやま》の敵勢を探らせた。甚内、復命《ふくめい》して言うには、

「道賢は、凡《およ》そ三百ほどの手勢を引き連れております。稲荷山の頂きの砦に籠っておりますが、気になるのは、手勢のなかに忍びと思わしき者も紛れ込んでおること」

「なに、忍びとな」

「はい、常人《じょうじん》には分かりませぬが、我ら忍びの嗅覚《きゅうかく》にかかれば、同類の者の気配感じることができますする」

「やっかいじゃの。此度の戦は、伊賀者を率いる森田浄清にも加わってもらおう」

「殿、お願いがございます」

滅多に願い事などしない甚内が、頭を下げて懇願する。

「何じゃ、願いとは」

「それがしも、此度の戦に加えて頂きたくお願い申し上げます」

「道賢の手勢に忍びが混じっていると知り、血が騒いだか」

「はっ、しかしそれだけではありません。道賢方に付くということは、我ら伊賀者に敵対しておる証し。早めに見つけ潰しておかなければ、後々、面倒なことになると思いまして」

「なるほど。だが、くれぐれも無理はするなよ。そなたも、もう、よい歳であろう」

「有難いお言葉。身に沁みます。ではこれにて」

甚内は言うと、素早く何処かに去っていった。

＊

三月二十日、稲荷山麓《さんろく》の稲荷社周辺には、続々と西軍の軍勢が押し寄せていた。山上には、道賢方が持つ松明の炎が見え、山下にも西軍の篝火が煌々《こうこう》としている。畠山の陣幕の内では、義就とその臣下が床几に座り、評定の最中であった。

「では、道賢の手の者の中に、忍びがおると」

遊佐国助が、甲冑の重みに堪えられぬのか、呻《うめ》くように声をあげた。

「そうじゃ。くれぐれも用心せよということじゃ。国助は、山には攻め上らず、本陣に控えておるか」

腕組みしながら、義就は国助の顔を見た。

「何と言われる。老いたりと雖《いえど》も、この国助、皆に遅れはとりませんぞ」

寒風が頬をうつ夜にも関わらず、国助は顔に汗かきながら怒鳴った。

「すまぬ、すまぬ。儂が悪かった。戯言《ざれごと》と思うて聞き流せ」

義就は苦笑いして、視線を国助の隣にいた遊佐就家に移した。就家は、国助をチラと見た後、義就のほうを見て、

「お館様の仰せのように、忍びがいるとなると、遮二無二《しゃにむに》に攻めるのは危のうございますな」

呟くように言った。

「そこで、此度は、浄清そして甚内に加勢してもらったのだ」

勢い込んで語調を強めた義就は、浄清を鞭で指した。浄清は軽く頭を下げると、

「それがしの手の者には、伊賀の忍びがおります。必ずや皆様のお役に立てるものと思います」

腹に身に付けている獣の皮をさすった。

「浄清、宜しく頼むぞ。浄清の手勢とともに、皆も攻め上るのだ。焦り、抜け駆けして、乱れることはならんぞ」

厳しく言い渡すと、義就は出陣を命じた。諸将は持ち場に戻り、手勢を連れてから、山林を駆け上がった。その中でも、特に目立ったのが、国助の軍勢であった。猛烈な速さで山を駆け上り、浄清の手勢を寄せつけぬ風である。岩倉山での負け戦を、ここで挽回したいとの意気込みがあるのだろうが、ここでの抜け駆けは危険極まりない。法螺貝《ほらがい》が鳴り響き、別の口からも、大内や斯波の兵が進出してきた。

(国助、耄碌《もうろく》したか。あれほど言うたのに)

冷静な国助に似合わない、突飛《とっぴ》な行動に、義就は山を登りつつ唇を噛みしめたが、時は既に遅かった。先方を行く国助の軍勢は、道賢が率いる悪党・野盗の類や、忍びに思うがままに襲われ、嬲《なぶ》られ、鎌《かま》や鉈《なた》、刀などの凶器によって殺された。

義就が山道を進むと、阿鼻叫喚《あびきょうかん》の巷《ちまた》から運よく逃れることができた兵が血に塗れながら、転がるように幾人か現れた。中には、力尽きて、倒れ込み、そのまま息絶える者もいた。義就の真横には常に甚内が、松明を持ち、目を光らせている。

（国助はどこじゃ）

胸の中で何度も義就は叫んだ。暫く進むと、義就の足に当たるものがあった。甚内が地面を火で照らすと、萌黄縅《もえぎおどし》の鎧が浮かび上がり、松明を上方にやると、国助の顔が浮かび上がった。

「国助」

義就は倒れ込むようにして、国助の体を揺すり、名を呼んだが、既に事切れていた。首や顔を鎌のようなもので、切り裂かれている。国助らを襲った敵方は、一旦、山上の方に引き上げたようだが、いつまた襲撃してくるか、国助との思い出を思い返している暇はない。

（国助、仇は必ずとるぞ）

心で念じた義就は、雑兵に国助の遺体を本陣に運ぶよう命じ、頂きを目指した。

（なぜ、道賢は襲ってこぬ）

義就も甚内も不思議に思ったが、声には出さなかった。別の方角から攻め上っている山名や大内、斯波のほうに味方を回したのか、それとも兵を退かせ誘き寄せて討ち取る策なのか。敵の意図が分からぬまま、走るしかなかった。義就の周りには、甚内の他にも、浄清や手下の忍びが取り囲むようにして、共に足早に歩む。

頂きの砦も今少しかと思われた時、突然、四方の林から、刀や槍、鎌を持った男共が飛び出してきて、義就らの不意を突いた。

しかし、さすが浄清や甚内は慣れたもので、焦る様子もなく、小形の刀剣や針のようなものを懐から取り出すと、屈強な男たちに向かい次々に投げつけた。それらの物は、さも当然というように、男たちの目や顔に突き刺さる。目や顔を覆い苦しみだした彼らの中には、泡を吹き死に至る者もいた。刃に毒が塗られていたのだ。

もがき苦しむ仲間の様を見て、山上から押し出してきた数多の野盗連中などは、散り散りになって逃げてしまった。義就が更に上を目指そうとしたその時、頂きの方から、松明一本が流れるようにやって来た。

松明に照らされたのは、小袖を被《かず》き、婦人の装いをした男であった。男は身細く、露わになっている腹には、骨が浮き出ている。男は噛んでいた草笛を、吐き捨てると、腰に付けている薄汚れた朱塗り鞘から、太刀を抜いた。男の肩をよく見ると、皺《しわ》塗《まみ》れの顔をした猿のよ

うなものがしがみついている。甚内はその怪しげなものに気が付いたらしく、驚いた顔をして、

「木猿ではないか」

小刀を構えた。木猿と呼ばれたものは、男の肩から離れると、地上に立った。背は低く、小猿のように見えるが、紛れもなく人だ。

「甚内様、お久しぶりでございます。まさか、このような所でお会いするとは」

木猿は大胆にも、警戒する甚内の目の前まで、スタスタと寄ってきて辞儀をした。

「甚内、こやつを知っておるのか」

義就が、松明により闇夜に照らし出された木猿の皺を凝視しつつ問うたので、

「はい、木猿は甲賀の忍びでございます。大概の甲賀の者は、伊賀の者と懇《ねんご》ろでございますが、こやつとその一党は、それが不服と見えて、一匹狼のようにして、伊賀者をつけ狙っております」

甚内も木猿から目を離さずに答えた。

「儂もその話は、戦場で耳にしたことはあるぞ。木猿とかいうたな。確か政長に雇われていたのではないか」

浄清が口を挟んだので、

「左様。政長様のもとに今もおるが、此度は、道賢の加勢に来たまでのこと」

木猿はにんまりして言った。

「おぅ、いつまでゴタゴタ言ってやがる。この道賢をいつまで待たせば気が済むのか」

女装の男がやはり道賢であった。道賢は、抜いていた太刀を構えると、義就めがけて突進、斬りつけた。義就は自身の太刀でそれを受けたが、ズシリと重いのか、少し後退した。

「殿」

甚内と浄清は、すぐさま助太刀しようとしたが、

「加勢は無用じゃ」

との義就の叫びで腕を下ろした。義就の胸の内には、国助を殺した張本人は道賢であり、道賢に加勢した木猿そして政長との思いがある。先ずは、その道賢を自らの手で叩き斬りたかった。太刀で切り結んでいるなかにも、辺りからは、兵のざわめきが聞こえてきた。宗全や朝倉の軍勢が山林を駆け巡っているのであろう。道賢はそのざわめきを聞くと、切り結んでいた太刀を離し、身を翻して林の中に消え入ろうとした。

「待たぬか」

義就は追いかけ、太刀を振り下ろしたが、道賢の身のこなしは軽やかであり、ついに仕留めることはできず、闇間《やみま》に逃がしてしまった。義就が舌打ちし、甚内らがいる方を見ると、既に忍び同士の戦は始まっていた。甚内が投げる小刀を木猿は、体を左右に動かし、巧みにかわしている。木猿からも同様の攻撃があったが、甚内は打ち捨ててあった楯を手にとり防ぐ。埒《らち》が明かないと見たのか、木猿は飛び上がると、そそり立つ大木の生い茂る葉に隠れた。一時、静寂が辺りを包んだ。甚内は大木を睨みつけていた。

大木の葉が揺れ、何かが飛び立った。甚内が音をした方を向いた瞬間、背後から二本の刀が伸びてきて、甚内の背中を串刺しにした。木猿の仕業であった。甚内は首を後ろに向けて、木猿の顔を恨めしそうに眺めわたしたが、最早、敵の首を絞める力さえ残っていないようだった。

木猿は、ずるずると刃を甚内の体内から引き出そうとしたその時、木猿の身にも異変が起こった。血しぶき巻き起こり、首と胴が離れたのだ。隙を付いて、浄清が一刀のもとに斬り裂いたのである。木猿の胴体は、仰向けに倒れた。俯けに倒れ込んでいた甚内に駆け寄った義就と浄清であったが、既に息はなかった。

国助、甚内という立場は違えど、義就を長く支えてきた家臣を一度に失くして、さすがの義就も茫然自失《ぼうぜんじしつ》。暫くは、浄清に支えられて、歩を進める有様であった。山下を見下ろすと、稲荷社が紅蓮《ぐれん》の炎に包まれていた。頂きの砦も朝倉孝景勢が占拠したらしい。大軍をもって攻めた西軍が勝ったのだが、義就にとっては手痛く息苦しい敗北でしかなかった。義就との一騎打ちから逃れた道賢は、朝倉勢に囲まれ、斬られたという。

*

道賢如きが死んでも、戦の趨勢《すうせい》にさして影響はなかった。西軍、東軍どちらが凄まじい勝ちを得るでもなく、時だけが過ぎていった。東軍と西軍の本陣が隣接する一条大路には、両軍によって堅固な空堀《からぼり》が掘られ、高層な物見櫓《ものみやぐら》が作られ、互いに睨みをきかせていた。櫓はどちらも二十メートルを超えるものであり、堀は幅が六メートルにもなるものであったので、容易に攻め込むことはできず、かわって洛外《らくがい》での戦が増えてきていた。

義就は、国助と甚内の死に一時は憔悴《しょうすい》したが、みかや土用の慰めや労《いたわ》りの甲斐あって回復して後は、政長への怒りが倍加していた。義就は山城西部の乙訓《おとくに》郡を占拠し、文明と年号が変わっても、東軍との戦いを継続する。文明三年(一四七一)五月、

「我が方に味方するなら、後日、越前国の守護職を与えよう」

との細川勝元の甘言《かんげん》に乗り、朝倉孝景が東軍に寝返ってしまう。勇将・孝景の裏切りによって、西軍を離れる武将もおり、形勢は逆転。優勢であった西軍に危機が訪れることになった。とは言え、長年にわたる戦いに倦《う》み、自らの領国に帰る武将もいて、厭戦《えんせん》気分はそこかしこに充《み》ちていた。山名宗全も老齢で病に臥し、勝元も内心は戦への関心を失っていた。ここに和睦《わぼく》の機運が生じる。

義就は宗全が病に臥《ふ》せっていると聞いても、ついに見舞いにも行かなかった。宗全ほどの武将、病になり衰えた身体を人に晒すことを好むはずはないと考えたからだ。

文明五年(一四七三)三月、宗全は死んだ。そして意外なことに二月後の五月には、四十三歳という若さで勝元が病没する。十二月には、乱の最中であっても、酒宴に現《うつつ》を抜かしていた足利義政が、我が子・義尚に将軍職を譲り隠居した。

翌年三月には、宗全と勝元の後継者である山名政豊《まさとよ》、細川政元《まさもと》によって講和が結ばれる。応仁の大乱は、京中の寺社と人家を燃やし尽くし、人民を飢えと寒さの巷に放り込み殺すという仕儀《しぎ》に終わった。

この期《ご》になっても、講和に断固として反対したのが、義就であった。河内国守護と畠山本家当主は、政長のままであったからだ。政長優勢のままの終戦は、認めることはできない。文明九年(一四七七)九月二十一日、諸将の厭戦と講和によって孤立した義就は、都を出て河内へと下った。政長との最後の戦いのために。

最終章
戦の果てに

畠山政長は、未だ京にいたにも拘わらず、なぜ義就は河内へと向かったのか。それは、河内の守護所・若江城や堺といった主要拠点が、政長方によって占められていたからである。これらの拠点を奪い返すことなくして、守護職や畠山本家当主の座を得ることは困難であるし、何より政長に勝つことはできない。河内を奪取すれば、何れ必ずや政長自らが出陣してくるだろう。義就の都からの退きを、

「敗退じゃ」

として幕府は喜び、西軍から東軍に寝返った山名政豊に追撃を命じる。しかし、義就の行軍の迅速さと、義就が騎馬兵三百五十、甲冑に身を固めた兵二千を引き連れていたこともあり、弓矢を交えること叶わなかった。

二日で河内の牧(枚方市)に到達した義就軍、遊佐就家が先陣を務め、殿《しんがり》は誉田就康《ほんだよしやす》であっ

た。同月二十七日、義就の軍勢は、政長方の遊佐長直が籠る若江城を囲むも、すぐに退いた。退却すると見せかけて、翌日には摂津に攻め入り、堺を奪おうとしたが、東軍に付いていた和田助直《わだすけなお》らとの天王寺《てんのうじ》での戦いに敗れ、再び河内に舞い戻る。

義就は、馬上で揺られながら、先日、家臣らに命じたことを思い返していた。その命とは、

「新たに段銭《たんせん》(臨時税)を徴収せよ。集まった段銭は足軽に与える」

というものだった。義就がその言葉を発した時、家臣のなかには、

「戦の最中、段銭をかければ、下々は苦しみましょう」

「得策ではありません」

との声が高かったが、義就は、

「いや、足軽の給金は少ないと聞く。これでは、彼らは真に命を懸けて働かぬし、略奪を働くことになろう。そうなれば、民に怨まれるは我らぞ。民を苦しめぬための段銭ぞ」

と言って押し切った。

義就の措置を聞いた足軽らは歓喜した。

「畠山の殿のためだったら、命を捨てる」

と意気込む者が大勢いた。

「死んだら、銭は貰えんぞ」

と脇から声を挟む足軽もいて、その場は笑いに包まれた。足軽たちは、戦になると、勇猛果敢に敵方に突っ込んでいった。

そして、若江城の周辺にある客坊《きゃくぼう》城、往生院《おうじょういん》城、八尾《やお》城、誉田《ほんだ》城を短時日の間に陥落させた。特に八尾城は、河内平野の要衝《ようしょう》であり、これを入手したことは、河内一国を得るのと同義とされた。誉田城で討ち取った城主・和田美作《みまさか》守ほか三十余りの首は、

「政長のもとに送れ」

義就の命によって、都に送られた。

（政長、都に籠っていないで、出てこい。俺と戦うのだ）

首を見た政長は、

「おのれ、義就。必ずや討ち滅ぼしてくれる」

復讐に燃えるのであった。十月九日には若江城も落城。守将・遊佐長直は、命からがら城を抜け出し、大和川を船で渡り、逃亡した。ここに河内国は、義就の手中に入った。守護は政長のままではあったが。強引な義就の行動に幕府は怒り、度々、

「義就を追討せよ」

との文書を大和の興福寺や長谷寺《はせでら》の衆徒に下した。だが、義就方の大和国人・越智家栄が文書を奪い取ったり、衆徒が義就に内応したために、討伐は遅遅《ちち》として進まなかった。

文明十二年(一四七九)一月、義就の母・土用は七十になり、いよいよ気力衰え、若江城の一室で寝たきりとなった。義就自身も、昨年末から、長年にわたる戦の日々が祟《たた》ったのか、臥せる日々が続いていた。

「母上」

義就は、みかに体を支えられながら、土用を見舞った。土用は日中ではあったが、すやすやと寝ていたが、義就が来たことが分かると、目を開けて、

「義就殿、具合は如何ですか」

我が子の身を案じた。

「昨夜まで高熱を発し、うなされておりましたが、今は少し楽になりました」

「それはようございました」

「母上も、これまでの疲れが溜まっておりましょう。河内も落ち着きました。ゆっくりお休み下さい」

高齢となり、都から河内への移動は大変なものである。

「今から思うと、桂女をしながら、そなたと過ごした日々が懐かしい」

土用は、過ぎ去り日を思い出すように、目を閉じて言った。

「そうでございますな」

義就も、貧しくはあったが、母と共に過ごした幼少の頃が瞼《まぶた》に浮かんだ。そして、義就、土用の心の中では、持国の後継者指名がなければ、また別の人生があったことが、反芻《はんすう》されるのである。土用は目を閉じたまま、眠ってしまったようだ。義就は、みかと共に、土用を起こさぬよう気を遣いながら、寝所を後にした。

土用の目は、そのまま開くことはなかった。老衰《ろうすい》であったのだろう。何れはこの時が来るのが分かっていたとは言え、義就の衝撃は大きく、再び高熱が出て、肉体が苛《さいな》まれることになった。義就の病のせいもあり、文明十二年、十三年は平穏な時が続いた。土用の死は、義就と同じ延徳《えんとく》二年(一四九〇)との記述もある。

＊

義就によって、誉田城で討たれた三十幾人の首を見た畠山政長は、頭に血が上り、

（いつかは、義就の首をこの眼で）

改めて誓ったものだった。が、その後、電光石火の義就軍の猛攻と、政長方の敗北を見て、

「情けなきことかな」

と恥じ入る気持ちが増してきた。義就軍に侵入された政長方の河内や大和の国人は、

「是非、ご出馬を」

矢のように、政長の出陣を促したが、首を縦に振らなかった。数年経った文明十四年（一四八二）になって、重い腰を上げることになった。亡き細川勝元の嫡男・政元が、政長と協力して、義就を討とうという話が持ち上がったからだ。政元は当時、十六歳。若き青年武将ではあったが、青臭いところはなく、理路整然と義就を討つ意義を説いた。

「義就は、我が領国・摂津の三宅《みやけ》城、吹田《すいた》城を奪い、恣《ほしいまま》な振る舞いをしております。政長殿も河内の諸城を奪われ、怒り心頭でございましょう。義就の横暴をこれ以上、許しては末《まつ》代《だい》までの禍根《かこん》となります。共に義就を討ちましょうぞ」

僅か八歳で細川家の家督を継ぎ、十三歳で管領となっただけあって、堂々とした中にも、どこか気品があるのは、教養人であった父・勝元譲りであろうか。

「分かりました。共に義就を討ちましょう」

十六歳から説得されたら、政長も嫌とは言えないし、さすがに時が経ち負け戦の傷も癒えてきた。文明十四年三月八日、政元・政長の連合軍は、京を出て、山崎から摂津茨木《いばらき》に入り、義就方の国人を討伐しながら進んだ。

義就はこの様子をじっと見ていたが、六月中旬になって、越智家栄を呼び、

「政元の陣に使いとして行ってはくれぬか」

策を授けて、送りだした。家栄は殺気立った敵陣に乗り込み、政元に義就からの書状を渡した。政元は、書状をじっと眺めていたが、読み終わると、

「この書状に書かれている話、真であろうの」

唸るようにして、家栄に問いかけた。家栄は、

「主は、策をもって敵を陥れることをされませぬ。常に正面から堂々とした戦いをされてきました。偽りを言う御方ではありません」

誠心誠意、力を込めて語った。政元は家栄の目を見て話しを聞いていたが、納得したのか、

「この話、乗ったぞ」

床几から勢いよく立ちあがった。義就の政元への提案とは、占領していた摂津国欠郡《けつぐん》(東成・西成・住吉郡)を返還する代わりに、政元も政長ら諸将に命じて北河内一帯の十七箇所の荘

園を明け渡せというものであった。摂津国守護の政元にとっては、悪くない提案であろう。

七月十六日、両者はこの提案を実行に移し、講和した。政元の軍勢は、京に向かって進軍を始めた。直前になって、政元から政長の陣に、義就と講和したので、京に戻ると告げた書状がもたらされた。

（あの小童《こわっぱ》め）

政長は、書状を破り捨てると、君子然とした政元の顔を思い出して、憤然とした。

（政元軍の背後を突くか）

とまで考えたが、ここで貴重な兵を失くすのは得策でないと思い直し、とどめた。政元が去っても、政長は兵を退かなかった。あくまで、義就と刃を交える覚悟であった。閏七月十九日、和泉国の石津《いしづ》（堺市）に船で渡った政長は、久米寺《くめでら》（岸和田市）で、根来寺の僧兵の援軍を待ち、八月下旬には、八尾の正覚寺《しょうかくじ》に着陣《ちゃくじん》する。義就は高屋城《たかや》（羽曳野市《はびきの》）にいたが、伊勢国司・北畠政郷《まささと》の援軍を待っていたので、雑兵同士の小競り合いが起こる程度であった。

その間に義就は、着々と次なる策を推し進めていた。河内と南山城《みなみやましろ》の中間にある大和生駒《いこま》郡の土豪・高山氏（東軍方）への調略《ちょうりゃく》である。義就は何度も、密かに生駒に使者を送り、十月、ついに高山氏は義就方となった。

破竹の勢いで、南山城に進撃した義就軍は、政長方の草路城《くさじ》(京田辺市《きょうたなべ》)を十二月に落とした。これを見た久世《くぜ》、相楽《さがら》、綴喜《つづき》郡の国人も義就を頼ることになった。義就優勢に見えたが、文明十七年(一四八五)七月には、狛城《こまじょう》(木津川市)を守っていた義就の奉行人・斎藤彦次郎が政長方に付いたために、戦は膠着状態に陥った。政長方は、

義就勢は郷村から兵糧米《ひょうろうまい》を徴収し、従わぬ村は焼き払った。

「義就追討のためじゃ。兵糧米を出せ」

と略奪を行う。南山城での両畠山の長期対陣は、国人と農民の反発を招き、ついに山城《やましろの》国一揆《くにいっき》を招くことになる。文明十七年十二月十一日、宇治《うじ》の平等院《びょうどういん》に集った三十六衆と呼ばれる国人たちは、評定をし、両畠山氏を排除し、自治を行うことを決めた。平等院の周りには、多くの農民も詰め掛け、評定を見守ったという。国衆《くにしゅう》は、翌日から両畠山の陣に使者を送り、

「もしこのまま、軍勢を留めるのであれば、我ら一同、お相手仕《つかまつ》る」

強硬な意思を伝えた。国人衆の中には、細川氏と主従関係を結んでいる者も多かった。国人衆ばかりか細川氏をここで敵に回してはとの配慮もあって、同月十七日には、両軍は河内や大和に兵を退いた。

＊

山城国一揆の二年前、文明十五年八月、義就と政長は河内で対峙していた。政元が義就に引き渡すとした十七箇所の荘園《しょうえん》には、未だ政長方が領有していた。

同月十三日、義就は十七箇所を攻めた。同地は、低湿地にあり、しかも当時、長雨により淀川が増水。降り続く雨を眺めながら、義就は奇策を案出する。

「大庭堤《おおばつつみ》と植松堤《うえまつつつみ》を決壊させ、十七箇所を水攻めにせよ」

というのだ。大庭堤は守口市、植松堤は八尾市にあった。堤防は切り落とされ、国人・三宅氏、吹田氏が守る十七箇所は、水浸しとなり、孤立した。これが、日本最古の水攻めと言われる。政長方は、淀川上流にある犬田《いぬた》城（枚方市）でなおも抵抗を続ける。しかしこの犬田城も九月二十六日に落城。これによって、義就の河内支配が確立されたのである。政長は、河内一国を奪われ、義就と雌雄《しゆう》を決することもできず、都へと去った。河内国に平穏が訪れ、四季が何度も巡っていく。

＊

延徳二年二月、義就は死の床についた。傍らには、みかと嫡男の義豊が案じ顔で控えている。みかは、先ほどから、ずっと義就の手を握り、さすっている。

「義豊」

高熱に喘ぎながら、二十一になった後継者に、義就は言った。

「政長を、政長を必ず討て。これは儂の遺言ぞ」

「はっ、父上のお言葉、承知いたしました。必ずや政長の首をあげてみせます」

義豊は、目に光を湛《たた》えて、闘志溢れる返事をした。

「河内一国を平定《へいてい》することはできたが、とうとう政長を討つことは叶わなかった。それのみが心残りじゃ」

掠《かす》れた声を出し、義就は咳込んだ。

「殿、お疲れでございましょう。余り話されるのは」

みかが義就の耳元で囁く。義就は頷くと、すぐに深い眠りについた。夢を見ているのだろうか。陽の光か、キラキラとしたものに義就は照らされている。手足を見ると、次郎と呼ばれた少年の頃に還ったようだ。目を凝らすと、桂川の流れが見える。近くには、母の土用が河原に座り、川で魚を獲る孫七、助八兄弟を微笑みつつ、眺めている。

突然、陽の光はかき消され、辺りは雷鳴と風雨が入り混じる悪天候となる。そればかりか、鬼の姿をした鎧武者が数多現れ、都の人々を、果ては土用や孫七、助八までをも捕え、嬲り殺しにしてしまった。

(やめろ)

義就は、大声で叫ぶと、鎧武者に掴みかかった。ところが鎧に触れた途端、武者は音もなく消え、義就は暗闇の中に独り取り残された。京の都は火の海と化し、古人が精魂込めて創建した寺社が炎に包まれている。

(何という無益なことを)

義就は、焼け落ちていく寺を見ながら思った。辺りには、あばら骨が出た飢民《きみん》が溢れ、彷徨《さまよ》うようにして、行ったり来たりを繰り返すか、ぐったりして息絶え絶えになっている。

(酷い、まるで生き地獄)

余りの光景に義就は目を背けた。そこに一人の坊主が通りかかった。深編笠《ふかあみがさ》を被り、ボロボロの法衣《ほうい》を身に付けており、背には木で作った卒塔婆《そとば》らしきものをいくつも背負っている。

坊主は、息絶えたと思われる民のもとに行き、卒塔婆を置き、念仏を唱え、弔《とむ》らいをしていた。

「卒塔婆は、これで残り二千となりました」

誰に語りかけるでもなく、坊主が呟いた。

「いくつ卒塔婆を作ったのじゃ」

義就は坊主の側に寄り尋ねる。

「八万四千」

坊主はそれのみ呟くと、何処にか去っていった。義就の耳には、いつまでも「八万四千」という坊主の声と、泣き叫ぶ民の絶叫が木霊していた。同年、義就は死んだ。

あとがき

畠山義就―将軍補佐の管領職を出す三家の一つ・畠山家の家督をめぐって、従弟の政長と激しい戦いを繰り広げ、応仁の乱の発端をつくったと言われる武将。

筆者が初めて義就を知ったのは、大河ドラマ「花の乱」(一九九四年)においてでした。義就演じる俳優の演技が熱気あるものだったので、子供心にも、義就という武将は、勇猛で荒々しい人物だとの印象が刻まれました。

それ以降、義就を目にすることはありませんでした。小説や時代劇でも描かれることが、なかったからです。私が知る限りですが、紙の本で義就の生涯を描いた小説は、これが初めてではないでしょうか。

筆者は、義就を単に勇猛な猪武者としては描きませんでした。実際、義就にまつわる数々の史実や逸話を見ても、そのような人物とは思われなかったからです。東軍の総大将・細川勝元は「真面目な人」と評されますし、西軍の総大将・山名宗全は「型破り」と言われます。しかし、彼らはあくまで幕府体制のもとで、権力を行使しようという考え方でした。一方の義就は「実力主義で自分の独立王国をつくってしまおうと考えた」とも言われています。まさに戦国大名の先駆けと言って良い人物でしょう。

さて、義就死後も、畠山家の争いは続きます。畠山政長と、義就の子・義豊(基家)との戦いです。詳しい話は省きますが、結果、明応《めいおう》二年(一四九三)、政長は細川政元や義豊によって自刃に追い込まれます。しかし、義豊もまた、政長の子・尚順《ひさのぶ》によって攻められて明応八年に戦死するのです。

このような、一連の経緯を見ていると、因縁や因果はめぐるということを感じざるを得ません。

義就は、戦国の三英傑—織田信長・豊臣秀吉・徳川家康に比べたら、スケールや業績は小さいかもしれません。が、彼らに引けを取らないほど、戦上手でしたし、家臣の心を掴む人身掌握術にも優れていたように思うのです。

「大悪人」と言われた義就ですが、当時、悪には悪いという意味だけでなく、強いとか、支配階級に反逆する者といった意味合いがありました。そうしたことを考えた時、悪人という言葉は、義就にとって、褒め言葉のようなものだったかもしれません。

筆者は、この物語に「龍虎の生贄」という題名を付けました。ある意図や想いを込めてつけました。それを解説するという野暮なことはしませんので、読者の皆様が、それぞれに想像し、自由に意図を感じ取ってもらえたらと思います。

令和元年八月一日

濱田浩一郎

主要参考・引用文献一覧　順不同

・大阪府史編集専門委員会編『大阪府史』第四巻（大阪府、一九八一）
・呉座勇一『応仁の乱』（中公新書、二〇一六）
・歴史REAL『応仁の乱』（洋泉社、二〇一七）
・水野大樹『戦国時代前夜　応仁の乱がすごくよくわかる本』（実業之日本社、二〇一七）
・石田晴男『応仁・文明の乱』（吉川弘文館、二〇〇八）
・鈴木良一『応仁の乱』（岩波書店、一九七三）
・『応仁の乱』／呉座勇一インタビュー（web中公新書、二〇一六）
・続群書類従完成会『群書類従』第二十輯　合戦部（八木書店、一九五九）
・辻善之助編『大乗院寺社雑事記』全十二巻（三教書院、一九三一～一九三六）

濱田 浩一郎（はまだ・こういちろう）
1983年生まれ、兵庫県相生市出身。歴史学者、作家、評論家。皇學館大学大学院文学研究科博士後期課程単位取得満期退学。兵庫県立大学内播磨学研究所研究員・姫路日ノ本短期大学講師・姫路獨協大学講師を歴任。大阪観光大学観光学研究所客員研究員。現代社会の諸問題に歴史学を援用し迫り、解決策を提示する新進気鋭の研究者。 著書に『播磨赤松一族』（新人物往来社）、『あの名将たちの狂気の謎』（中経の文庫）、『日本史に学ぶリストラ回避術』（北辰堂出版）、『日本人のための安全保障入門』（三恵社）、『歴史は人生を教えてくれるー１５歳の君へ』（桜の花出版）、『超口語訳　方丈記』（東京書籍のち彩図社文庫）、『日本人はこうして戦争をしてきた』（青林堂）、『超訳　橋下徹の言葉』（日新報道）、『教科書には載っていない 大日本帝国の情報戦』（彩図社）、『昔とはここまで違う！歴史教科書の新常識』（彩図社）、『靖献遺言』（晋遊舎）、『超訳　言志四録』（すばる舎）、本居宣長『うひ山ぶみ』（いつか読んでみたかった日本の名著シリーズ１６、致知出版社）、『超口語訳　徒然草』（新典社新書）、『龍馬を斬った男―今井信郎伝』（アルファベータブックス）、共著『兵庫県の不思議事典』（新人物往来社）、『赤松一族　八人の素顔』（神戸新聞総合出版センター）、『人物で読む太平洋戦争』『大正クロニクル』（世界文化社）、『図説源平合戦のすべてがわかる本』（洋泉社）、『源平合戦「３Ｄ立体」地図』『ＴＰＰでどうなる？あなたの生活と仕事』『現代日本を操った黒幕たち』（以上、宝島社）、『ＮＨＫ大河ドラマ歴史ハンドブック軍師官兵衛』（ＮＨＫ出版）ほか多数。監修・時代考証・シナリオ監修協力に『戦国武将のリストラ逆転物語』（エクスナレッジ）、小説『僕とあいつの関ヶ原』『俺とおまえの夏の陣』（以上、東京書籍）、『角川まんが学習シリーズ 日本の歴史』全十五巻(角川書店)。

龍虎《りゅうこ》の生贄《いけにえ》　驍将《ぎょうしょう》・畠山義就《はたけやまよしひろ》

発行日　2019年9月10日　初版第1刷発行

著　者　濱田 浩一郎

発行人　春日俊一
発行所　株式会社アルファベータブックス
〒102-0072 東京都千代田区飯田橋2-14-5 定谷ビル
Tel 03-3239-1850　Fax 03-3239-1851
website http://ab-books.hondana.jp/
e-mail alpha-beta@ab-books.co.jp
印　刷　株式会社エーヴィスシステムズ
製　本　株式会社難波製本

装　幀　Malpu Design（宮崎萌美）
装　画　登内けんじ
本文デザイン・DTP　春日友美

ISBN 978-4-86598-068-4　C0093

アルファベータブックスの本

石原裕次郎 昭和太陽伝

ISBN978-4-86598-070-7（19・07）

佐藤 利明 著

「西部警察」世代が知らない裕次郎がここにいる‼　石原裕次郎三十三回忌に娯楽映画研究の第一人者がおくる、渾身の本格評伝。生涯の軌跡と、全出演映画の詳説、昭和とともに生きた大スターの生涯を様々な角度から描き、これ一冊で昭和のエンタメ・文化史としても読める一冊‼　A5判上製　定価3800円＋税

三船敏郎の映画史

ISBN978-4-86598-806-9（19・04）

小林 淳 著

日本映画界の頂点、大スター・三船敏郎の本格評伝‼　不世出の大スター、黒澤映画の象徴、世界のミフネ。デビューから最晩年までの全出演映画を通して描く、評伝にして、映画史。全出演映画のデータ付き‼　三船プロダクション監修　生誕100周年（2020年）記念出版。　A5判上製　定価3500円＋税

本多猪四郎の映画史

ISBN978-4-86598-003-5（15・09）

小林 淳 著

助監督時代から初期〜晩年までの46作品、また黒澤明氏との交流まで、豊富な資料とともに、巨匠・本多猪四郎の業績を体系的に網羅！　「特撮怪獣映画の巨匠」として数々の日本映画を手がけた監督・本多猪四郎の初期から晩年まで、体系的に彼の作品を読み解いていく。　A5判上製　定価4800円＋税

ゴジラ映画音楽ヒストリア

ISBN978-4-86598-019-6（16・08）

1954-2016

小林 淳 著

伊福部昭、佐藤勝、宮内國郎、眞鍋理一郎、小六禮次郎、すぎやまこういち、服部隆之、大島ミチル、大谷幸、キース・エマーソン、鷺巣詩郎……11人の作曲家たちの、ゴジラとの格闘の歴史。音楽に着目したゴジラ映画通史。最新作『シン・ゴジラ』までの全作品ガイド＆映画音楽論。　四六判並製　定価2500円＋税

実相寺昭雄 才気の伽藍

ISBN978-4-86598-018-9（16・12）

鬼才映画監督の生涯と作品

樋口尚文 著

『ウルトラマン』『帝都物語』…テレビ映画、映画、クラッシック音楽などさまざまな分野で多彩な活動を展開した実相寺昭雄。実相寺と交流のあった気鋭の評論家が、作品を論じつつ、その生涯と作品を、寺院の伽藍に見立てて描く。初めて公開される日記、絵コンテ、スナップなど秘蔵図版多数収録。没後10年、生誕80周年記念出版‼　A5判上製　定価2500円＋税

アルファベータブックスの本

岡本喜八の全映画

ISBN978-4-86598-004-2（15・10）

小林 淳 著

『暗黒街の顔役』『独立愚連隊』『日本のいちばん長い日』など代表作は多数。テンポが良く、受け手が見て〈おもしろい〉〈楽しい〉映画を重視し、戦争をテーマにした社会派でありながらも、娯楽・エンタテインメントとしての映画をどこまでも追究した、稀有な監督の39作品全てを網羅。その詳細なデータや見どころを紹介する。　四六判並製　定価2000円＋税

伊福部昭と戦後日本映画

ISBN978-4-87198-585-7（14・07）

小林 淳 著

「ゴジラ」をはじめとする特撮映画の音楽で知られる作曲家・伊福部昭。しかし、伊福部が関わったのは特撮映画だけではない。 東宝、東映、大映、松竹、日活、そして独立プロと、映画界を横断し、巨匠・名優たちとともに、映画作りに参画した、戦後最大の映画人のひとりだった。　A5判上製　定価3800円＋税

狙われた島

ISBN978-4-86598-048-6（18・01）

数奇な運命に弄ばれた19の島

カベルナリア吉田 著

島をじっくり歩けば、日本の裏と側面が見えてくる……。人間魚雷、自殺の名所、ハンセン病、隠れキリシタン、毒ガス、炭鉱…日本の多くの島々が、数奇な歴史と運命に翻弄された。その背景には必ず、国家を、民衆を、他人を自分の思い通りに操りたいと思う「力ある者」の身勝手な思惑があった。島から見える日本の裏面史。　A5判並製　定価1800円＋税

反戦歌

ISBN978-4-86598-052-3（18・04）

戦争に立ち向かった歌たち

竹村 淳 著

国境と時代を越えて、脈々と歌い継がれてきた世界の反戦歌。その知られざる歴史とエピソードを綴る!!　それぞれの歌のお勧めYouTube映像＋CDのご案内も掲載!!　世界じゅうで繰り広げられた戦争の影で、苦しんだ人々を癒し、勇気づけた歌たちの歴史と逸話。　A5判並製　定価2000円＋税

【増補版】シリア 戦場からの声

ISBN978-4-86598-054-7（18・04）

桜木 武史 著

「もっと民衆蜂起の生の声を聞いてもらいたい…!」5度にわたりシリア内戦の現場に入り、自らも死の恐怖と闘いながら、必死で生きる人々の姿をペンと写真で描いた貴重な記録。2016-18年の現状を増補。

四六判並製　定価1800円＋税

アルファベータブックスの本

龍馬を斬った男 今井信郎伝

ISBN978-4-86598-046-2 (18・05)

濱田 浩一郎 著

幕末の英雄・坂本龍馬を斬った男、今井信郎。見廻組に属して龍馬を斬ったことのみが注目されてきたが、この男の本領は、龍馬暗殺以後にあった。鳥羽伏見から五稜郭までの激烈な戊辰戦争を戦い抜き、維新後は、西南戦争に従軍しようとした。牧之原開墾にも従事、ついには初倉村の村長にまでなり、後半生を地域振興に捧げる。　四六判上製　定価1800円＋税

加賀の芭蕉

ISBN978-4-86598-043-1 (17・11)

『奥の細道』と北陸路

山根 公 著

意外に知られていない劇的な『奥の細道』の旅の終わり…。「塚も動け我が泣く声は秋の風」―俳諧の友たちとの《出会いと別れ》を地元の研究者が実地調査で描く。芭蕉は多くの北陸の俳人と出会い、さまざまな人々との別れを描いている。多数の写真・地図と資料付。　四六判並製　定価1800円＋税円＋税

冼星海とその時代

ISBN978-4-86598-067-7 (19・07)

中国で最初の交響曲作曲家

平居 高志 著

中国では国歌「義勇軍進行曲」の作曲者・聶耳と並ぶ国家的英雄である冼星海。辛亥革命から日中戦争終結まで、混乱の時代を太く短く生きた。パリ音楽院で作曲を学ぶが、帰国後は戦意高揚を目的とする大衆音楽の作曲と歌唱指導に尽力する。政治のための芸術と個人の芸術との間で葛藤するひとりの作曲家の生涯を描く　A5判上製　定価3500円＋税

沈黙する教室

ISBN978-4-86598-064-6 (19・05)

1956年東ドイツ―自由のために国境を越えた高校生たちの真実の物語

ディートリッヒ・ガルスカ 著　大川 珠季 訳

東西冷戦下の東ドイツのある高校の一クラス全員が反革命分子と見なされ退学処分に！　行き場も、将来の進学も、未来をも見失った若者たちは、自由の国、西ドイツを目指して国境を越える……。　四六判並製　定価2500円＋税

フリッツ・バウアー

ISBN978-4-86598-025-7 (17・07)

アイヒマンを追いつめた検事長　ローネン・シュタインケ 著　本田 稔 訳

ナチスの戦争犯罪の追及に生涯を捧げ、ホロコーストの主要組織者、アドルフ・アイヒマンをフランクフルトから追跡し、裁判に引きずり出した検事長、フリッツ・バウアーの評伝‼　戦後もドイツに巣食うナチ残党などからの強い妨害に抗しながら、ナチ犯罪の解明のために闘った検事長の生涯。　四六判並製　定価2500円＋税